芥川龍之介

●人と作品●

福田清人
笠井秋生

CenturyBooks
清水書院

原文引用の際，漢字については，
できるだけ当用漢字を使用した。

「餓鬼窟《がきくつ》」書斎にて

執筆中の龍之介

序

青春の日に、伝記や文学作品を読むことは、豊かな精神形成に大いに役立つものである。

伝記については、史上いろいろな業績を残した人物すべてにわたっていえることであるが、ことに美と真実を求めて、その所信をつらぬいた文学者の伝記は、その作品の理解をも大いに助けてくれるものである。

たまたま清水書院より、近代作家の伝記及びその主要作品を解説する「人と作品」叢書の企画について、私が相談を受けたのは昭和四十年初夏のことであった。

それは読者対象を主として若い世代におき、その文学教養に資することを目的にすること、執筆陣は既成の研究者より、むしろ新進の手によって、読者の胸にひびく内容、弾力ある文章を期待するということから、私が講座をうけもっていた立教大学日本文学研究室の大学院を中心としての協力を求められた。

大学院創設以来、日は浅いが、しかし近代文学研究者で、この期待に応じうる有能の士のあることはすぐ頭に浮かんだことだし、新人で一冊の本をまとめて出す機会はそうざらにあるものではない。私はこの一見勇敢な新企画に賛成した。

しかしいちおう私の頭に浮かんだ人々に図るとみな喜んで、それぞれの研究分野、あるいは関心を持つ作家について執筆を引き受けてくれた。

私に一切がまかされたが、叢書としての体裁もあるので、一冊の構成のあらましはだいたい揃えることにして、他は一切それぞれの個性に従って自由な筆をふるってもらうことにしたが、いちおう編者としての責任上、原稿には目を通した。

さて、本書は、「芥川龍之介」であるが、まずその豊かな学識、鋭い理知をもって、異色ある短編を書き、大正期から昭和初期の文壇を彩った作家の三十余年の生涯を描いている。そこに母の狂気という暗い血をうけ、それにおびえつつ、一方時代の嵐のなかに生きつづけ、ついに自らを殺したこの作家の生き方をよく捕えていると思う。また作品鑑賞は、最も若い人々に愛読されているものを選んで親切に行なっている。

筆者笠井秋生君は、東北大学を卒業して、しばらく教職についていたが、新たな決意を抱いて、立教大学大学院に席をおいた好学の士である。東北大学では古典研究をつづけたが、立教大学では近代文学を専攻した。

それで好んで古典を素材として、新しい角度から作品を多く書きつづけた芥川を執筆するにふさわしいし、その教職で若い人々に接した経験も十分生かされていると思われるのである。

福田清人

目次

第二編　作品と解説

第一編

芥川龍之介の生涯

「我鬼窟」扁額（菅白雲書）

大正 8 年 4 月鎌倉から東京田端に帰った龍之介は，恩師菅虎雄の書になる「我鬼窟」の額を，書斎にかかげ，もっぱら作家生活にはいった。

幼年時代の追憶

「狂人たちは皆同じやうに鼠色《ねずみいろ》の着物を着せられてゐた。広い部屋はその為一層憂鬱《ゆううつ》に見えるらしかつた。彼等の一人はオルガンに向ひ、熱心に讃美歌を弾《ひ》きつづけてゐた。同時に又彼等の一人は丁度部屋のまん中に立ち、踊ると云ふよりも跳ねまわつてゐた。

彼は血色の善《い》い医者と一しよにかう云ふ光景を眺めてゐた。彼の母も十年前には少しも彼等と変らなかつた。少しも、——彼は実際彼等の臭気に彼の母の臭気を感じた。」(後略)

(『或阿呆の一生』の「母」から)

暗い生まれ

「東京に生まれ、東京に育ち、東京に住んでゐる僕」と芥川龍之介は随筆『大正十二年九月一日の大震に際して』の中で書いているが、『大川の水』の中でも次のように語っている。

「大川の水の色、大川の水のひびきは、我愛する『東京』の色であり、声でなければならない。自分は大川あるが故に、『東京』を愛し、『東京』あるが故に、生活を愛するのである。」

大川とは隅田川のことである。このように、東京に縁の深かった芥川龍之介が、東京田端の自宅で、自らその命を絶《た》ったのは、昭和二年七月二十四日の未明のことであった。その時、彼は三十五歳の若さであった。その死の日から、はやくも五十年の歳月が流れた。彼の愛した隅田川は昔日の面影なく、泥と悪臭の流れに変わったが、彼の作品から流れでる文学の魅力《みりょく》は、今もなお私達の心をとらえてはなさないのである。

芥川龍之介は明治二十五年（一八九二）三月一日、東京市京橋区入船町に生まれた。現在の中央区明石町の聖路加《セイロカ》病院のあたりである。龍之介の生まれた当時の築地入船町は、外人居留地になっていた。それゆえ、この町に日本人で家を構えていたのは、龍之介の家を含めてわずか三軒を数えるのみで、異国情趣の色濃くただよう町であった。彼は生まれて一年にもみたない短い月日をこの町で送ったにすぎない。しかし、この生まれた土地を懐しむ心は年とともに、彼の胸裏に強くなっていったようである。後年の龍之介における異国的なものへの憧れは、この外人居留地に彼が生まれたということと無関係ではなかろう。

龍之介の実父新原敏三は、この外人居留地で牛乳販売業を営み、ここと新宿とに牧場を持っていた。母はふくという名で、江戸幕府のお数寄屋坊主《すきやぼうず》*をつとめていた芥川家の出であった。龍之介は長男で、上に初子、久子の二人の姉があったが、長姉の初子は風邪がもとで七歳の時、亡くなった。彼は辰《たつ》年、辰月、辰日、辰刻《たつのこく》に生まれたので、それにちなみ龍之介と名づけられた。龍之介の生まれた年は、父が四十三歳の男の厄年、母が三十三歳で女の厄年にあたっており、いわゆる大厄の年の子であった。そのため、旧来の迷信に従

＊お数寄屋坊主　江戸城中に奉仕し、茶礼などに従う人。

い形式的に捨て子とされた。まだ封建時代の風習が強く残っていた当時としては、このような縁起をかつぐ習慣は、決して珍しいことではない。拾い親は、父親の旧友である松村浅二郎という人であった。龍之介は出生の第一歩において、たとえ形式的にせよ、一応親から捨てられたのである。このことは龍之介の将来にある暗い影を落したように思われたが、それは母の突然の発狂という形となってあらわれた。龍之介は生まれて一年足らずして、母の発狂というきわめて不幸な経験を持ったのである。この悲しい出来事が短い彼の生涯に深刻な影響を与えることになった。

実父新原敏三

龍之介の母は、きわめて小心な、また内気な気質の人であったという。発狂の原因について龍之介の姉久子は、

「母といふ人はとても気が小さかつた人で、口に出すより自分の胸にたたんで居るといふ性質らしかつた。或時皆して芝居に行つた時、自分一人だけ新宿へ姉初子を連れて遊びにいつたが、その時フト風邪を引かしたのが原因で、脳膜炎で七歳の時亡くし、（中略）其時《そのとき》自分さへ新宿へ行かなければと大層気にしてなげきたる由《よし》。続いて翌年龍之介出産。かりにも其子は捨子をしなければなら

ない三十三の厄年をどんなに苦にしてゐた事でせう。(中略) 兎《と》に角《かく》、こんな事が病気の原因だと思はれます。」

と語っている。(葛巻義敏『築地入船町。少年時代の事など』)龍之介の父敏三は、牛乳販売業者としての成功者の誇りをもった、激しい性格の人であった。そのような夫に仕えていた小心で内気な龍之介の母にとって、長女初子を幼くして失ったことと、長男龍之介を捨て子の形式までして育てねばならなかったということはきわめて大きな苦しみであったろう。それらは堪えがたい重さをもって、彼女の肉体や精神をしめつけたに違いない。この不幸な母は龍之介を生んでから七ケ月後の十月二十五日に発病し、その後十年間、狂人として生きつづけた。そうして、龍之介十一歳の時、その不幸な生涯を閉じたのである。龍之介が後年、この母について追懐した『点鬼簿《てんきぼ》』の一節を引用してみよう。

「僕の母は狂人だつた。僕は一度も僕の母に親しみを感じたことはない。僕の母は髪を櫛巻《くしま》きにし、いつも芝の実家にたつた一人坐りながら、長煙管《ながぎせる》ですぱすぱ煙草を吸つてゐる。(中略) 僕は僕の母に全然面倒を見て貰《もら》つたことはない。何でも一度僕の養母とわざわざ二階へ挨拶に行つたら、いきなり頭を長煙管で打たれたことを覚えてゐる。しかし大体《だいたい》僕の母は如何にももの静かな狂人であつた。」

この母の発狂は、龍之介にとって大きな痛手であった。狂人の子であるという自覚は、やがて狂気の遺伝を恐れる心となり、彼の肉体の衰弱とともに次第に激しさを加えていったのである。そして自殺をうながす一因につながっていくのである。彼は『侏儒《しゅじゅ》の言葉』の中で、次のように書いている。

「人生の悲劇の第一幕は親子となつたことにはじまつてゐる。遺伝《いでん》、境遇、偶然——我々の運命を司《つかさど》るものは畢竟《ひっきょう》この三者である。」

この短い言葉の裏に、狂人の母を持った彼の苦しみを推察することができないだろうか。

母の生まれた家

母の発病のため、龍之介は本所区小泉町に住んでいた母の兄芥川道章に引きとられた。芥川道章は龍之介の伯父にあたり、家は代々お数寄屋坊主《すきやぼうず》として殿中に奉仕していた、江戸時代から続く旧家であった。龍之介は一年足らずして、生みの親と別れ、伯父夫婦の手で育てられることになった。伯父夫婦には子供がなかった。その上、実母の姉で、生涯嫁《とつ》がずに家に留まった伯母ふきが龍之介をきわめて愛したので、やがて、龍之介が芥川家を嗣《つ》ぐことになった。彼が芥川姓を名のり、正式に芥川家の養子にきまったのは、実母の死後二年経過した十二歳の時である。

龍之介の実父新原敏三は妻ふくの死後、その妹ふゆを後妻とし、男の子を一人もうけた。それが龍之介の異母弟にあたる新原得二である。芥川家と新原家との関係を図に示すと、次のページのようになる。（カッコ内は、龍之介からの立場）

龍之介が十二歳の時、正式に養子となった芥川家は、明治四十三年新宿に移転するまで、この本所区小泉町にあった。本所区小泉町という町名は今はないが、彼が十二歳の時、ひらかれた両国駅の近所で、まだ多分に江戸のなごりをとどめていた土地であった。

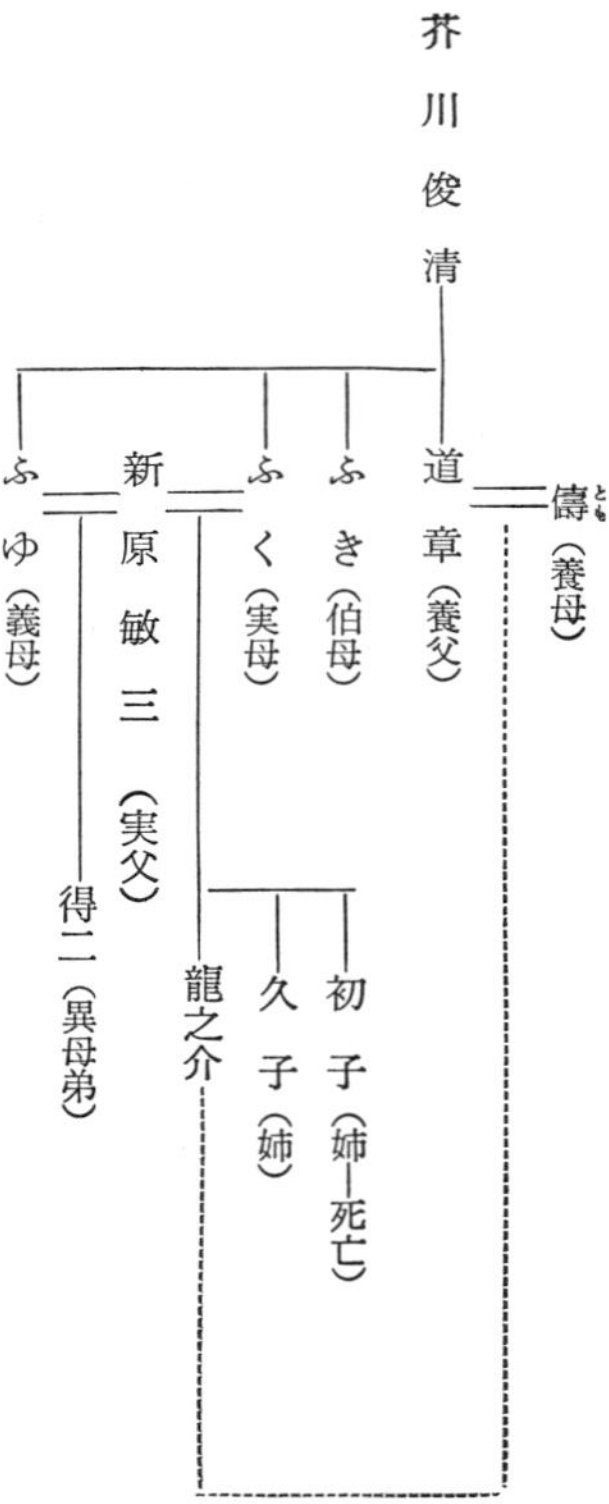

したがって、赤穂浪士で有名な*回向院《えこういん》と隅田川の別名である大川に近いこの土地に龍之介は、十八年間の年月を過ごしたのである。この本所の風物は、少、青年期の彼にかなりの影響を与え、養家である芥川家の家風や生活とともに、芥川文学の性格形成の上に少なからずの影を落としていると考えてよいだろう。

龍之介が芥川家に引き取られた当時、養父芥川道章は東京府の土木課に勤務していた。後、土木課長となり、明治三十七年退職した。

「信輔の家庭は貧しかつた。（中略）退職官吏だつた彼の父は多少の貯金の利子を除けば一年に五百円の恩給に女中とも家族五人の口を餬《すご》して行かねばならなかつた。（中略）彼は本を買はれなかつた。夏期学校

*回向院　現在東京墨田区東両国にある浄土宗の寺。

へも行かれなかつた。新しい外套《がいとう》も着られなかつた。」（『大導寺信輔の半生』）

彼の作品の中で、最も自伝的な匂《にお》いの強い『大導寺信輔の半生』は彼が自虐《じぎゃく》的な気持で必要以上に誇張して書いたと考えねばならない面もあるので、右に引用した一節もそのまま受け取るのは間違いであろう。たしかに龍之介の養家は退職官吏の家庭であったから、多少の財産や地所があったにせよ、地味な生活であったかもしれない。しかし、幼少期の記憶をつづった『追憶』などによると、二人も女中を使っており、養父には*一中節《いっちゅうぶし》、囲碁《いご》、盆栽、俳句などの趣味があったということだから、ある程度余裕のある生活だったとみるのが正しい。

芥川家は前にもふれたように十数代続いた士族で、代々お数寄屋坊主《すきやぼうず》として殿中で茶礼などにしたがった家柄である。また、養母儔《とも》は幕末の**大通《だいつう》として知られた***細木香以《さいきこうい》の姉の子であった。そんな関係でか、龍之介の養父母や伯母は文学や美術を好み、歌舞伎などに興味を持っていた。したがって、彼も幼少の時から、しばしば歌舞伎見物に連れて行かれた。また、彼の一家はそろって一中節を習っており、養父は南画、盆栽、俳句とその趣味は多方面にわたっていた。そして、彼の家の本棚には****草双紙《くさぞうし》の類がぎっしりつまってお

*一中節　延宝年間のころ、京都の都一中が創始した浄瑠璃の一つ。ゆったりとした上品な声調で語られるのが特色。

**大通　遊里であそび、芸事そのほか趣味のよくわかる大遊興趣味人。

***細木香以《さいきこうい》　江戸京橋山城河岸の富豪の子。通称津の国屋藤次郎（或は藤兵衛）。略して津藤。狂歌師、俳人としても知られているが、若い時から花柳界に出入し、文士、画家、芸人を連れて遊ぶのを常とした。その豪遊のさまは「黄金を紙花と等しく散らし、白銀を三角の雪と降らせ」るがごとくで、ついに家財を散じ、零落のうちに病没した。芥川儔は香以の姉の子。

****草双紙　江戸時代に盛んに行われた小説の一形態。各ページに絵を挿入し、物語の筋を半ば絵で説明する。

り、彼は幼時から、これらの書物に親しんでいた。龍之介が若い時から、画や俳句などに興味を持ち、読書にその早熟さを示したのは、こうした家庭の雰囲気が大きく作用したのである。

芥川家で龍之介を最も愛したのは、養父母より、むしろ伯母のふきであった。一生を独身で通したこの伯母は、彼を生みの母のように愛し育てた。幼時いつも抱寝《だきね》してくれたのはこの伯母であり、乳の代わりに牛乳を飲ませてくれたのもこの伯母であった。龍之介の顔かたちはどうしたわけか、生みの父や母にはあまり似ていなかった。そのかわり、この伯母によく似通っていた。顔かたちばかりでなく、心持の上でも彼はこの伯母と一番共通点が多かった。実父の新原敏三は、亡妻の忘れがたみである長男への愛情を断ち難かったのであろう、正式に芥川家の養子にきまる前は、龍之介を新原家へ連れもどそうとしばしば試みた。が、それはいつも失敗に終わるのが常であった。龍之介がことのほかこの伯母を愛していたからだった。しかし、後にはこの伯母と彼とは、愛するがゆえに傷つけあったこともないではなかった。龍之介は彼の晩年の作品『或阿呆の一生』の中で、

「彼の伯母はこの二階に度たび彼と喧嘩《けんか》をした。（中略）しかし彼は彼の伯母に誰よりも愛を感じてゐた。一生独身《どくしん》だつた彼の伯母はもう彼の二十歳の時にも六十近い年よりだつた。彼は或郊外の二階に何度も互に愛し合ふものは苦しめ合ふのかを考へたりした。」

と書いている。この言葉からもこの伯母もまた色々な意味で、龍之介の短い生涯に影響を与えていることが理解できよう。

幼年時代の龍之介は一見女のようにおとなしい、読書好きの、ひ弱な体質の子供であった。「僕はその頃も今のやうに体《からだ》の弱い子供だつた。殊に便秘しさへすれば必ずひきつける子供だつた」と『追憶』の中で自らも記している。そうして一方では、「金箔《きんぱく》の黒ずんだ位牌《いはい》に恐怖に近いもの」（『追憶』）を感じたり、「はにかみ易い上にも、磨ぎ澄ました肉屋の庖丁にさへ、動悸《どうき》の高まる」（『大導寺信輔の半生』）ほどの神経質なおびえやすい性質であった。このような性質の上に、彼は幼少の時から、怪談や因縁《いんねん》話を聴いて育ってきた。当時本所一帯の下町には怪談や因縁話が、とくに「本所七不思議」などといわれた怪談が実際にあった事柄として信じられていた。龍之介はそのような怪談を、江戸時代の迷信に生きる養父や養母から、あるいは伯母から、夏の夜の縁台で、寝る前の床の中でしばしば聴かされて育ってきた。さらにまた、家の本箱の中や、暗い土蔵《どぞう》の中の古い草双紙のさし絵の中に怪奇の世界を見つけて育ってもきた。彼の作品のあるものに怪奇趣味が色濃く流れているのは、もって生まれた性格的なもののほかに、幼少時に、このような怪奇の世界に触れた時の戦慄《せんりつ》が、成人した後まで消えずに残っていて、それが文学表現の中に流れ出たと解釈されよう。

龍之介はこのような環境に育ちつつ、病気がちながら幼稚園に通った。幼稚園に入園したのは明治三十年（一八九七）四月、五歳の時であった。彼は幼稚園のころを追憶して、「この幼稚園の庭の隅には大きい銀杏《ぎんなん》が一本あつた。僕はいつもその落葉を拾ひ、本の中に挟《はさ》んだのを覚えてゐる。それから又、或円《まる》顔の女生徒が好きになつたのを覚えてゐる」（『追憶』）と書いている。彼はこの幼稚園で一年間を過ごし、翌年江東小学校に入学した。

小学校時代の追憶

江東小学校は当時、江東尋常小学校と呼んでいた。この小学校に入学したのは明治三十一年の四月、龍之介六歳の年であった。小学校は回向院に接していた。小学校での龍之介の成績はきわめて優秀であった。成績が優秀なばかりでなく、感受性豊かな少年で、文学的才能さえも早い時期からその片鱗《へんりん》をのぞかせていた。

小学校時代の龍之介

龍之介は幼時から、家の本箱にあった草双紙の類に親しんでいたことは前にも書いた。彼の読書歴については『愛読書の印象』などに彼自身書いているが、それによると読書の楽しさを教えてくれたのは『水滸伝《すいこでん》』であった。『水滸伝』にみちびかれて、彼は養父の本棚の書物を手当たりしだいに読みはじめた。家の中の本を読みつくすと彼は貸本屋の本棚の前で何時間も立ち読みするようになった。いつの間にか彼は貸本屋の棚の本をもすっかり読みつくしてしまった。滝沢馬琴《たきざわばきん》の『南総里《なんそうさと》見八犬伝《みはっけんでん》』をはじめとして、式亭三馬《しきていさんば》、十返舎一九《じゅっぺんしゃいっく》、近松門左衛門などの江戸文学も読んだ。徳富蘆花《とくとみろか》の『自然と人生』や『思ひ出の記』、泉鏡花《いずみきょうか》の『化銀杏』などの明治文学も読んだ。なかでも『西遊記』『水滸伝』『八犬伝』を最も愛読した。やがて龍之介は貸本屋の前から神田の古本屋へと移っていた。さらに彼は弁当を持って、図書館に通いはじめるようになった。図書館の書棚の前に立った彼は熱い興奮を覚えながら、しばらくそこに立ちつくしていた。

このような読書への熱情はしだいに文章を作ることへの興味を彼にもたせるようになった。明治三十五年、龍之介十歳の時、小学校の同級生たちと「日の出界」という回覧雑誌を作った。龍之介は自ら編集し、表紙画やカットまで自分で描いた。それは三十頁から四十頁程度の雑誌だったが、彼は渓水、龍雨などの筆名を用いて多くの文章をのせている。このような才能がきわめて早くから認められるのは、幼年時からの読書への激しい熱中ぶりとともに龍之介の文学的才能の早熟さを物語るものであろう。しかも彼はこの十歳の年に「落葉焚いて葉守りの神を見し夜かな」という俳句も作っている。小学生としてはなかなかすぐれた句である。そしてこのころからもう、彼は英語と漢文を学びはじめている。夜になると、芥川家の一中節の先生である宇治紫山の一人息子の所に、英語と漢文と習字を習いに行くのが、彼の日課の一つになった。その成果については、「どれもこれも進歩しなかつた。唯英語はTやDの発音を覚えた位である」と、『追憶』の中で彼は語っている。学科の中では特に絵が好きで、画家になろうと考えたこともあった。

龍之介は勉強や読書のあいまには、学校友だちと回向院の境内で遊んだり、水泳を習いに行ったりした。鼠小僧次郎吉や山東京伝《さんとうきょうでん》の墓のある回向院は、彼の幼時には季節季節における境内での催し物でも知られていた。ことに国技館のなかった当時の大相撲は、この境内の掛け小屋で興行されるのが常であった。彼は大相撲を見物したり、あやつり人形や風船乗りなどという見世物に興じたりした。また友だちとたびたび境内の墓地の石塔を倒し、寺男や坊さんに追いかけられたこともあった。そして、毎日のように、大名屋敷や旗本屋敷などの立ちならぶ、黒塀の多い町なみを養父と散歩した。雑木林や竹やぶのある広い野原がそのころの本所にはあったが、そこも龍之介たちの遊び場であった。彼はときどき空気銃を肩にして、その竹やぶや雑木林の中で半日を送ることもあった。また時には、掘割にそって歩き、水草のからんだ百本杭*あたりの大川端の景色を見に行く日もあった。この本所の町並みの風物が、雑木林や大川の水が、彼に自然の美しさを教えてくれた。そして徳富蘆花《とくとみろか》の『自然と人生』をなんども読み返してみたりした。本所の自然はみすぼらしいものではあった。しかし、この明治の本所の風物が、龍之介の自然や人生を見る目に大きく作用したのは確かだった。

やがて、ひ弱で、おびえやすい、早熟なこの少年は優秀な成績で小学校を卒業し、東京府立第三中学校に進学した。

多感な中学のころ

龍之介が東京府立第三中学校に入学したのは、明治三十八年（一九〇五）四月、十三歳の時である。この府立三中は現在の両国高校の前身である。龍之介が入学したのは創立後、四年

*百本杭　現在の東両国の隅田川縁を指す。両国橋の上手《かみて》にあたり、護岸用の杭が川べりに多く打ち込んであったのでこの名がある。

くらい経た時で、まだ新しい、ねずみ色のペンキ塗り二階建ての木造の校舎であった。校舎と運動場のまわりにはポプラが何本かそよいでいた。上級生には久保田万太郎、河合栄治郎など後年、作家や学者になった人たちがおり、同級生には後の理学博士国富信一や農学博士西川英次郎がいた。

中学の五年間を通して龍之介の級の受持は広瀬雄という英語の先生であった。広瀬雄が芥川龍之介という名前を最初に記憶したのは、入学して二、三日目、一年生全員に入学の第一印象を書かせた時のことであった。大部分の新入生が、「運動場が広い」とか、「規律が正しい」とか、「先生が一人でなく、学科によって皆ちがう」とか無邪気で子供らしい短い文章を書いていた中に、毛筆で仮名づかいの間違いもなければ誤字もなく心憎いほどの文章があった。その大意は「自分は小学校では優等生などと言われたけれど、入学試験は競争が激しいというから果して首尾《しゆび》よく入学できるだろうかと心配でならなかつた。ところが、さいわい試験も無事に通つて、やれ嬉しやと思つたのもつかの間、このたび入学式もすみ授業も始まつて見ると、隣に坐つている人、前にいる人、後にいる人、どの顔を見ても皆優等生らしい顔ばかりである。もし来年進級試験に落第したらどうしよう。それこそ恥さらしだ。そうだこれからひとつおおいに勉強しなければならぬ」とあり、最後を「『男児立志出郷関、学若不成死不帰』を口ずさんで校門を出た」と結んであった。広瀬雄が筆者はとみると「芥川龍之介」と署名してあった（広瀬雄『芥川龍之介君の思い出』）。これが受持の教師だった広瀬雄の龍之介に対する第一印象だった。

中学での五年間、龍之介は成績優秀で品行方正な生徒であった。

「彼は勿論学校を憎んだ。殊に拘束の多い中学を憎んだ。（中略）彼の教師と言ふものを最も憎んだのも中学だつた。（中略）この教師は彼の武芸や競技に興味のないことを喜ばなかつた。その為に何度も信輔を『お前は女か？』と嘲笑した。信輔は或時《あるとき》赫《かつ》とした拍子に、『先生は男ですか？』と反問した。教師は勿論彼の不遜《ふそん》に厳罰を課せずには措《お》かなかつた。（中略）信輔は試験のある度《たび》に学業はいつも高点だつた。が、所謂《いわゆる》操行点だけは一度も六点を上らなかつた。」

右の引用文は『大導寺信輔の半生』の一節である。なにかと拘束の多い中学生活には、多くの多感で早熟な青年にとってそうであるように、龍之介にとっても多くの苦い記憶が残っていたことであろう。早くから文学に魅力を感じていた彼は生意気な生徒として教師の目にうつったこともあったろう。そしてまた、ある教師に対しては憎悪《ぞうお》を感じたこともあったろうし、ある教師からは憎まれたこともあったかも知れない。しかし、前にもふれたように『大導寺信輔の半生』は自虐的に誇張された面が少なくないので、右の引用文をそのまま信ずることはできない。内心はどうあれ、直接教師に向かって反感を露骨に示したり、学科への好悪によって授業態度を変えたりすることは、性格的に彼にはできなかったのではなかろうか。むしろ、事実はその逆であったらしい。広瀬雄によれば、龍之介は皆の教師から愛されていたということだし、同じく府立三中の教師岩垂憲徳は龍之介のことを「性行の立派な模範生徒で、驚くばかりの秀才であつた。特に英語がよくでき、佶屈《きつくつ》な漢文にも興味を有つて、四学年の頃には自分から進んで漢詩を勉強し、折々七言絶句などを作つて」（『芥川龍之介氏の中学時代』）いたとも述べている。中学時代の龍之介は小学校のころと同じように成績優秀であり、真面目で模範的な生徒であった。だから操行点六点というのはあり得なかったと考えられる。

読書量は中学に入ってからますます多くなっていった。彼は手当たりしだい文学書を濫読《らんどく》した。尾崎紅葉《おざきこうよう》、幸田露伴《こうだろはん》、樋口一葉《ひぐちいちよう》などの作品はもとより、高山樗牛《たかやまちょぎゅう》、徳富蘆花《とくとみろか》の作品なども彼の愛読書であった。がそれ以上に好んで読んだのは、泉鏡花《いずみきょうか》、夏目漱石《なつめそうせき》、森鷗外《もりおうがい》の作品で、鏡花の作品はそのことごとくを読破し、また後年彼の師事した漱石、鷗外の作品もほとんど全部読んでしまったという。学年試験の勉強中に本が読みたくてたまらなくなり、気がとがめながらも、そっと化学の教科書などの下に本を隠して読むことを常としていたと、龍之介は恩師広瀬雄あての手紙に書いている。このことからも、龍之介の文学書への傾倒のほどが推察できよう。また、中学時代から外国文学にも親しみはじめていた。イプセン、アナトール＝フランス、ツルゲエネフなどの作品の英訳を辞書を片手に読んだりした。

龍之介は学校の授業では、特に英語と漢文に抜群の力を示した。そして彼の最も好きな学科は歴史で、将来歴史家になろうと考えたこともあった。五年生の時、校友会雑誌に寄せた『義仲論』は彼の中学時代の作品としては最もまとまったものであるが、特に彼の漢文と歴史の高い学力を示すものとして注目に値しよう。『義仲論』は中学生の作品とは信じられないほどの歴史への鋭い観察とたくみな文章からなり、単に漢文と歴史との総合学力を示しているだけではない。この『義仲論』一編に後の小説家芥川龍之介誕生の可能性を見いだすことができるとともに、彼の文学的才能のあまりにも早熟な開花を見せつけられるのである。

龍之介が中学時代の同級生の中で、もっとも親しく交際し、その影響をたぶんにうけたのは西川英次郎であった。「僕も秀才なれども西川の秀才は僕の比にあらず」（『学校友だち』）と龍之介自身も語っているように、西川英次郎は府立三中を一番で卒業し、後、農学博士になった。龍之介はこの西川と柔道の稽古《けいこ》をしたり、学校帰りに芥川家で、一緒に勉強したりした。二人は夏休みなどには一緒に旅行もし、大菩薩峠《ぼさつとうげ》に近い丹波山村という寒村に泊まったり、残雪の深い赤城山に登ったりした。

一高入学当時の龍之介

龍之介の養家での生活は、あの『大導寺信輔の半生』の中に記されているようなものではなく、かなり恵まれた生活であったと考えてよかろう。もちろん、成長するにつれ、彼自身養子ということを意識し、多少とも控え目がちな日々を送ったかも知れない。しかし、龍之介はいわば芥川家において期待されている子供であり、養父母や伯母の愛情を一身に受け、きわめて大切に育てられていたに違いないだろう。

こうして、明治四十三年三月、十八歳の龍之介は府立第三中学校を卒業した。親友の西川英次郎が一番で答辞を読み、彼は多年成績優等なりし者として賞状をもらった。彼が中学を卒業した年は、中学校において優秀な成績をあげたものには、無試験で高等学校への入学を許可する制度が作られた年であった。龍之介はこの選に入り、同年九月、第一高等学校一部乙（文科）に入学を許可された。当時の旧制高校は九月が入学の月であった。中学校卒業前後、彼は自分の進路について相当な考慮をはらった末、一高の文科に決めたのである。芥川家では龍之介が文学をやることにだれも反対しなかった。それは彼の家庭がそろって文学好きだったからであった。

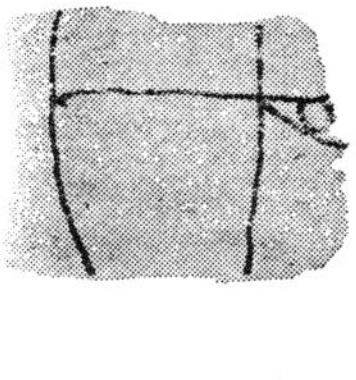

マントと角帽の青春

「それは或本屋の二階だつた。二十歳の彼は書棚にかけた西洋風の梯子《はしご》に登り、新らしい本を探してゐた。モオパスサン、ボオドレエル、ストリントベリイ、イブセン、ショウ、トルストイ、……

そのうちに日の暮は迫り出した。しかし彼は熱心に本の背文字《せもじ》を読みつづけた。そこに並んでゐるのは本といふよりも寧《むし》ろ世紀末それ自身だつた。ニイチエ、ヴエルレエン、ゴンクウル兄弟、ダスタエフスキイ、ハウプトマン、フロオベエル、……

彼は薄暗がりと戦ひながら、彼等の名前を数へて行つた。が、本はおのづからもの憂《う》い影の中に沈みはじめた。彼はとうとう根気も尽き、西洋風の梯子を下りようとした。すると傘のない電燈が一つ、丁度彼の頭の上にぽかりと火をともした。彼は梯子の上に佇《たたず》んだまま、本の間に動いてゐる店員や客を見下した。彼等は妙に小さかつた。のみならず如何にも見すぼらしかつた。

『人生は一行のボオドレエルにも若かない。』

彼は暫く梯子の上からかう云ふ彼等を見渡してゐた。……」(『或阿呆の一生』の「時代」から)

高校生活とその友人たち

明治四十三年（一九一〇）九月、龍之介は第一高等学校の文科に入学した。満十八歳である。久米正雄、菊池寛、松岡譲、井川恭（のち恒藤《つねとう》恭）、成瀬正一らが一緒に入学した。一年上級で落第のため龍之介たちと同級になったものに山本有三、土屋文明がおり、独法科には秦《はた》豊吉、藤森成吉、一級上の文科には豊島《とよしま》与志雄《よしお》、山宮《さんぐう》允《まこと》、近衛《このえ》秀麿《ひでまろ》らがいた。後年、文壇や学界に名を馳《は》せたこれらの青年との接触は龍之介に色々な意味で感化を与えたことであろう。ことに菊池、久米、松岡らが同級生にいたことは龍之介の将来を決定するひとつの要因となった。かれらとの交友が、小説家芥川龍之介の誕生の上に、大きな役割を果たしたことはいうまでもない。一高入学はそのまま小説家への道につながっていたのである。

龍之介が一高に入学した年の秋、彼の一家は本所小泉町から新宿二丁目に転居した。それは彼の実父新原敏三の持ち家で、牧場の一隅にあった。当時の新宿は現在とちがい東京の郊外で、まだまだ武蔵野の面影を多分に残していた。芥川家の新居は千坪くらいの牧場を前にしてぽつんとたっていた。この家の二階の部屋が龍之介の居間で、窓ぎわには欅《けやき》が十メートルほどの高さにのびており、その向こうに乳牛のつながれている草原を眺めることができた。龍之介はこの部屋で多くの時間を読書に費やし、特に斎藤茂吉の歌集『赤《しゃっ》光《こう》』を熱心に読んだ。この新宿の新居には、親友の井川恭がしばしば遊びに来て、泊まっていくこともまれではなかった。そして翌日連れだって登校するのだった。

翌四十四年、二年生に進級した龍之介は、本郷の学校寮に入り一年間の寮生活をすることになった。当時の旧制高校は全寮制度で、入学後はじめの二年間は特殊の事情のないかぎり、原則としてすべての学生が入寮するたてまえになっていた。一年生の間は自宅通学を許されていた龍之介も、二年生になると寮生活を送ることになった。寮は三つの棟からなり、それぞれを南寮、中寮、北寮と呼んでいた。龍之介や井川の部屋は中寮三番であり、菊池、久米、松岡は南寮八番であった。部屋は畳敷きの広い部屋で何人もの学生がともに勉強し、寝起きするようになっていた。部屋の天井や壁のいたるところに落書きがあり、掃除などほとんどされず、万年床で通す者もまれではなかった。毎晩のようにどこかの部屋から、酒やビールを飲みながら「デカンショ」を歌う大声が聞こえてきた。

龍之介はこの寮生活に順応することができなかった。寮での入浴もろくにせず、食事にも閉口したようだ。当時の寮はきびしい規則もなく、きわめて自由な雰囲気《ふんいき》であり、さまざまな個性の集まりの中での生活は、青春時代の精神形成の上に程度の差こそあれ、かなりの影響を及ぼしていたことは確かであろう。寮生活を経験した多くの人々は、高校時代の寮生活を非常に懐《なつか》しいものとして思い出すのが常である。龍之介がそのような寮生活に順応せず、忌《い》みきらったのはその不潔さばかりでなく、彼の性格的なものも原因しているると考えられる。特に、プライベイトな生活の存在が許されないことは、彼にとってたえがたいことであったに違いない。

龍之介が一高に入学して最初に親しくなったのは佐野文夫であった。佐野はのちに共産党に入党し、中央委員長をつとめた。龍之介も秀才であったが、佐野文夫もまた頭脳明晰で、鋭い警句や皮肉の持ち主であった。いわば級中第一の秀才であった。

「信輔は才能の多少を問はずに友達を作ることは出来なかつた。たとひ君子ではないにもせよ、知的貪《どん》欲《よく》を知らない青年はやはり彼には路傍の人だつた。彼は彼の友だちに優しい感情を求めなかつた。彼の友だちは青年らしい心臓をもたぬ青年でも好かつた。いや所謂《いわゆる》親友は寧《むし》ろ彼には恐怖だつた。その代りに彼の友だちは頭脳をもたなければならなかつた。頭脳を――がつしりと出来上つた頭脳を、彼はどう云ふ美少年よりもかういふ頭脳の持ち主を愛した。」(『大導寺信輔の半生』)

龍之介が才人佐野文夫に近づいたひとつの理由は右の引用文から、あるいはそのおおよそを推察することができるかも知れない。しかし佐野と龍之介の交友は長くはなかった。それは二人の才気がうまく調和せず、たがいに反撥《はんぱつ》しあったと考えることもできようが、それよりむしろ、龍之介が佐野という人間の中になにか信じきれないものを発見したためであろう。一高卒業まぎわに、菊池寛は佐野文夫の罪を負って退学になった。佐野が他の学生の部屋から無断でマントを持ち出し、質に入れてしまった罪を、同室の菊池が引き受けたのであった。佐野は自分の罪をきて退学していく菊池を黙って見送っていた。

龍之介が佐野の次に親しくなったのは井川恭であった。その交友は終生つづいたのである。井川は中学卒業後、三、四年休学したので、入学した時は龍之介より四歳年上の二十三歳であった。寮生活をするようになってから龍之介と井川とは、さらにその交友に深さを加えていった。休日には植物園などに水彩画の写生に出かけたり、上野の不忍池や小石川の植物園などをともに散歩したり、ときには武蔵野のあたりまで足をのばし、握り飯の包みを開いたこともあった。独歩の『武蔵野』を読んでからは、龍之介は秋の武蔵野に何度も足を運ぶようになった。

龍之介(左)と恒藤恭

彼が寮生活を嫌悪した点をのぞけば、彼もまた他の多くの高校生と同じように勉強のあい間には絵画の展覧会を見たり、音楽会に通ったり、食事や散歩の時にも文学や哲学についての議論をたたかわしたりした。龍之介はその晩年には一日百五十本前後の煙草を吸うほどの愛煙家であったが、彼はそのころ全く煙草を吸わなかったようである。当時の文科の学生は、ほとんどが酒や煙草をたしなんでいたので、彼と同室のある学生が「君は文科にいるくせに煙草の味も知らないんですか」と嘲《あざ》けったことがあったという。

菊池寛や久米正雄の龍之介の印象を記した文章によると、彼らと龍之介との高校生活には、かなり隔たりがみられる。龍之介は中学と同様、勤勉な学生で、級中では常に超然としたポーズをとり、丸善あたりから新しい文学書をしきりに買いこんでいた。が、それにひきかえ、菊池寛などは教科書さえ持っていないありさまで、久米や松岡などとあばれまわっていた。龍之介が菊池や久米と親しくなったのは一高卒業の間近であり、当時は親しい交友はみられなかったのである。龍之介の方では、菊池や久米の放縦な生活をよく思っておらず、菊池や久米の方でも龍之介の勤勉な、どこかとり澄ました生活態度に軽い反感を持っていたというのが、そのころの状態であったようだ。

書物の中の青春

当時旧制高等学校は、人間と学問を鍛える場として非常に大きな役割を果たしていたので、龍之介の場合も、通学及び在寮を通じての三年間の高校生活が、その内面形成に大きな影響を与えたと考えることができる。

前にもちょっと触れたように、一高生の中にはおとなぶった飲酒癖や青春発散的なストームの世界などがあったが、さらには当時の文壇は、自然主義思潮にとって代わり、享楽《きょうらく》主義的傾向が強く、その影響も彼らの生活の中に多分にみられた。しかし、反面一高生はきわめて激しい知識欲と教養欲とを持ち、かつ多分に知的虚栄心や衒《げん》学性をも兼ね備えており、これらが直接間接に関連して、学生の間に哲学的な思索癖《へき》が支配的であった。龍之介もまたその例外でなく、このころから激しい教養欲の持ち主で、どこか衒学的なところのある学生であった。それはその後の彼の作品や生活態度に一貫《いっかん》して流れているものでもある。彼が未定稿のまま、その生前に発表しなかった『大導寺信輔の半生』の一節を引用してみよう。これは大正十四年に発表した同名の作品とは別のもので、彼の高校時代の心境が語られている。

「『ええ、わたしはなんでもえらい学者になりたいのです。下界の事から天上の事まで窮めまして、

自然と学問とに
通じたいと存じます。』

『ファウスト』の中の学生はかうメフィストフェレスに語つてゐる。この言葉はそのまま学生時代の信輔にもあてはまる心もちだつた。もつとも彼のなりたいものはかならずしも学者とは限らなかつた。それは純粋の学者よりも、むしろ学者に近いものだつた。あるひは芸術家にも近いものだつた。が、とにかく『精神的にえらいもの』であるには違ひなかつた。（中略）信輔も彼の友だちのやうに哲学を第一の学問にしてゐた。同時にまた彼の『えらいもの』も哲学的を第一の条件にしてゐた。彼はそのために何よりも先に哲学の中へ没頭した。」（未定稿『大導寺信輔の半生』）

こうして龍之介はこの未定稿によれば、哲学への遍歴をはじめることになる。当時哲学者として最高の座を占めていたベルグソンにまず近づき、それからオイケン、スピノザ、カント、そうしてニーチェやショーペンハウアーにまで至っている。しかし哲学への模索は、多くの学生たちと同じく単なる放浪にとどまったようである。彼自身も語っているように、たとえば、カントの『純粋理性批判』など二年間も書棚に並べながら三頁より先を読んだことがなかった。哲学は彼の精神的飢《う》えを満たしてはくれなかった。

「のみならず信輔の『えらいもの』は『芸術的』をも第二の条件にしてゐた。彼はそのためにあらゆる情緒をインクと紙とに表現しようとした。しかしそれも困難だつた。あらゆる情緒は穀物のやうに彼自身の中に積まれてゐた。少なくとも積まれてゐるはずだつた。が、ペンを執《と》つてみると紙の上へ髣髴《ほうふつ》できるものは感歎詞のほかに何もなかつた。」（未定稿『大導寺信輔の半生』）

彼は犬一匹を描くこともできず、やむなく翻訳を試みたが翻訳さえ容易でないことを悟り、彼は自分自身が如何に無力かを発見し、自己の空虚さを痛切に感ずるようになる。この空虚さを感ずることは龍之介にとって実に恐ろしいことであった。彼はこの恐ろしさを避けるために絶えず机の前にすわるよう試みた。ここに絶え間ない知識欲と読書欲とに満たされた龍之介の青春が生まれたのである。読書によって精神的飢えをいやそうとしたのは、そのころの学生、特に文科の学生にとって普通のことであったが、龍之介の場合、知識欲、読書欲が異常なまでに激しかったことは注意しなければならない。この知識欲と読書欲とにみちみちた青春が芥川文学の性格を形づくる大きな要因をなしたのである。

小学校の時から読書には熱心だったが、高校から大学にかけて、龍之介は次々と文学書を読破していった。『大導寺信輔の半生』（大正十四年）には、ゴオテイエ、バルザツク、トルストイ、シェイクスピア、ゲーテ、スタンダール、ドストエフスキー、ニーチェらの名や作品が見え、『或阿呆の一生』の中にはモオパッサン、ボオドレエル、ストリンドベリイ、イプセン、ショオ、トルストイ、ニーチェ、ヴェルレーヌ、ゴンクウル兄弟、ドストエフスキー、ハウプトマン、フロオベエルらの作品が記されているが、彼は中でも世紀末作家の作品を愛好した。

世紀末とはフランスをはじめ、ヨーロッパ諸国の十九世紀末における頽廃《たいはい》的、享楽《きょうらく》的、唯美《ゆいび》的また神秘的、懐疑《かいぎ》的諸傾向の総合を意味し、フランス文学ではボオドレエル、ヴェルレーヌ、ランボー、英文学ではポーやワイルドがその代表である。わが国でも多少の時代はずれながらも、自然主義思潮の流行に対する反動として、明治末期から大正初期にかけて「耽美《たんび》主義」あるいは「新ロマン主義」の名のもとに新傾向が生まれた。龍之介が特に愛好したのはこれら世紀末の作家たちであった。それは彼の内的成長がちょうど明治末期から大正初期にかけて、つまり「耽美主義」の興隆期にあったということも大きな理由である。しかし、それだけでなく、この時期において龍之介の厭世主義的傾向、懐疑主義的傾向がきわめて強く、それらが世紀末文学への傾倒となって現われたとも考えられるのである。この青春期における龍之介の厭世主義、懐疑主義は、高等学校の生徒にありがちな感傷的なものでもなければ、一時的のものでもなく、彼自身のもっと深いところで結びついていたことを理解しなければならない。

このように龍之介は世紀末文学をはじめとする西欧文学に傾倒するとともに、漱石、鷗外などの日本の作品に絶えず目を通し、驚くべき量の書物を読破していったのである。

一高時代の龍之介は、まだはっきりと小説家になろうと考えていなかった。そしてまた、これという作品も書いてはいない。わずかに『椒図志異《しょうとしい》』というメモ帳がある程度である。これは彼の怪奇趣味を示すもので、近親や知人や書物から妖怪変化《ようかいへんげ》の談話や記録を集めたものに過ぎない。いわば一高時代の龍之介は、もっぱら、たくわえた時代、創造のために貯蔵した時代だと考えてよいだろう。

大正二年、二十一歳の龍之介は第一高等学校文科を卒業した。卒業成績は二十七名中、二番で、一番は井川恭であり、久米正雄は九番であった。

第三次「新思潮」の同人

大正二年（一九一三）九月、龍之介は東京帝国大学英文科に入学した。二十一歳である。親友井川恭は京都帝大の法科に去り、またのちに親しくなった菊池寛は、一高在学中、佐野文夫の罪を負って退学し、京大英文科選科に入った。それで龍之介は東大入学後は一高時代の同級生久米正雄らと親しく交わるようになった。この久米正雄との交友が、龍之介の進むべき方向に大きな影響を与えることになった。

大学の講義は龍之介にとってあまり興味がもてなかった。

大学時代の龍之介（大正３年ごろ）

「角帽をかぶつてから　もう三月目です　講義はあまり面白くありません　美文学の主任はローレンスといふおぢいさんで　頭のまん中に西洋の紙鳶《たこ》のやうな形をした桃色の禿があります　人の好い親切な人で　よく物のわかつた人ですけれども　残念なことには文学はあまりよくわかつてゐないやうです」

これはスイフトというアメリカ人教師の授業中に書いた友人原善一郎あての書簡だが、

大学時代、龍之介が友人にあてたそのほかの書簡でも、しばしば講義のつまらなさを、彼は語っている。学科の軽蔑《けいべつ》を美風と考える、創作家志望の久米や松岡の影響もあったろうが、このころはもう、創作への意欲が強くなり、それがために講義への興味が、著しく減じられていたということも関係していよう。

「久米の煽動《せんどう》によつて、人工的にインスピレエションを製造する機会がなかつたなら、生涯一介の読者たるに満足して、小説なぞ書かなかつたかも知れない」とは『あの頃の自分の事』に記された龍之介自身の言葉であるが、久米正雄との交友により、龍之介は自分の進むべき方向をはっきりと見定めたのであった。

ところで、大学時代の龍之介たちは一体どのような文学的感化を強く受けていたのであろうか。

龍之介たちが大学へ入った年は耽美《たんび》主義文学の最盛期だった。雑誌「スバル」によった北原白秋、木下杢太郎、高村光太郎、吉井勇らの詩歌がその代表である。この耽美主義思潮の影響は、決して軽視できない。龍之介をはじめ、久米正雄も菊池寛も自然主義思潮以上の感化を受けているのである。彼らの注目は耽美派の本拠ともいうべき雑誌「スバル」に注がれ、久米正雄は「あゝ自由劇場。スバル、木下杢太郎、パンの会、メイゾン・コース。みんな僕の文学的初恋の対象だつた」と回想している。特に顕著な感化を与えたのは「スバル」の詩人木下杢太郎であった。龍之介には大正二、三年に作って友人に示した短歌がかなりあるが、それらの歌には、北原白秋や吉井勇の耽美的歌風の模倣を明らかに読みとれるのである。このように大学時代の龍之介は耽美派の文学に最も心を惹《ひ》かれ、強くその影響を受けているのであるが、そのほかにも森鷗外の感化を忘れてはならない。鷗外の作品中、特に大きな影響を与えたのは翻訳小説『諸国物語』であ

左から久米正雄、松岡譲、龍之介、成瀬正一（大正5年）

る。この作品は大正十四年の出版であるが、収められた諸編は「スバル」や「三田文学」などに一度掲載された短編小説で、明治四十一年ごろからのものを集めたものである。この翻訳『諸国物語』は短編小説の新しい手法、新しい内容と様式を龍之介に暗示したという点で大きな影響を持つ作品集である。そのほか鷗外の歴史小説も龍之介に強い感化を与えており、文体の面でも鷗外と龍之介には似通った点が多いのである。後年、佐藤春夫は「芥川君はその門に出入した点では確かに漱石先生の弟子ではあるけれども、作品から重大な影響を受けたのは、鷗外先生の方が或は多からうと思へる程です」と語っているが確かにそのとおりである。

さて、友人久米正雄らからの感化もあって、小説家への方向へ歩を踏みはじめた龍之介の周囲に「新思潮」復刊の相談が生まれ、彼もまたその同人の一人として参加することになった。日本の近代文学史上に名高い「新思潮」は、明治四十年小山内薫を中心にして東京帝大文科学生の同人雑誌として創刊されたものを第一次「新思潮」と呼ぶ。第一次「新思潮」においては新演劇運動、とくにイプセンの紹介に努力した。第二次のそれは明治四十三年九月再刊し、谷崎潤一郎、木村荘太、後藤末雄、和辻哲郎らが主な同人だった。第二次では谷崎潤一郎が『刺青《いれずみ》』『麒麟《きりん》』を発表し、一躍流行作家の座を獲得した。そのほか吉井勇、和辻哲郎なども相当な文名を得ている。このような歴史を持つ雑誌「新思潮」の復刊には、若い世代の夢と希望が、さらには野心とがこめられていたのである。

第三次「新思潮」は大正三年二月に創刊された。参加者は一高以来の友人が主で、久米正雄、芥川龍之介、豊島与志雄、菊池寛、松岡譲、山本有三、成瀬正一らが名を連ねていた。

龍之介は柳川隆之介の筆名で、創刊号にはまずアナトオル＝フランスの『バルタザアル』の翻訳を英訳からの重訳で掲載した。時に、彼は二十二歳であった。恒藤《つねとう》（旧姓井川）恭あての書簡で、「アナトオル＝フランスの短編を訳して今更わが文のものにならざるにあきれたり同人中最も下手なるは僕なり甚だしく不快なり」と語っている。彼は『バルタザアル』発表以後、二、三の翻訳を発表し、五月号には処女小説『老年』を、九月号には戯曲『青年と死』を発表した。処女小説『老年』は大川沿いの橋場の料理屋での一中節の順講の席を舞台にとった短編で、文章は凝りに凝り、情景の小道具もよくととのえられ、いかにも彼らしい技巧のうまさが見える作品である。

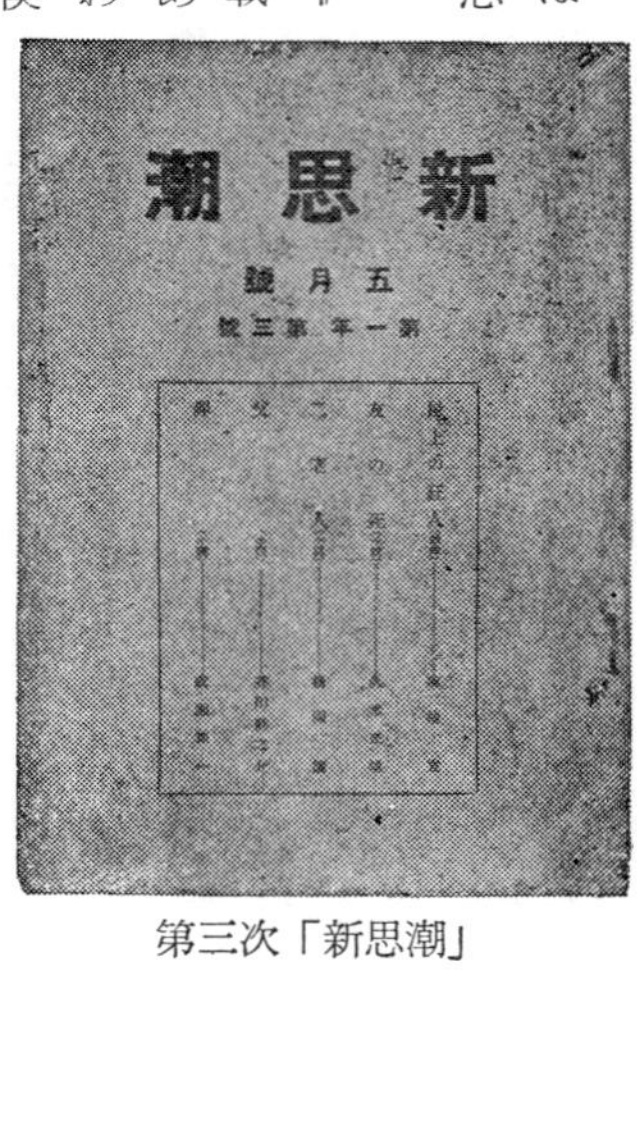

第三次「新思潮」

第三次「新思潮」は九月号をもって廃刊した。わずか八号だけの短い生命であり、龍之介は格別認められはしなかった。しかし、創作や翻訳をこころみたことは読書だけでは得られない貴重な体験を持つことができ、決して無駄ではなかった。この第三次「新思潮」への参加は、龍之介が小説家として立つべく決定づけた点において重要な意義を持つのである。

この第三次「新思潮」において最も活躍したのは久米正雄であった。彼は多くの戯曲を発表したが、中でも『牛乳屋の兄弟』は当時の水準を抜いた佳作で、有楽座で上演され、その結果も好評であった。

悲しき初恋　第三次「新思潮」の同人となって創作を試みたことは、龍之介の将来の進路を決定的にしたといってよいほどの重要な事柄であったが、この時期に彼の生活に注意すべき事件が芽ばえかけていた。そのころ、友人にあてた彼の書簡には、次のようなものがある。

「僕の心には時々恋が生れる　あてのない夢のやうな恋だ　どこかに僕の思ふ通りな人がゐるやうな気がする恋だ　けれども実際的に至つて安全である　何となれば現実に之《これ》を求むべく一に女性はあまりに自惚《うぬぼれ》がつよいからである　二に世間はあまりに類推を好むからである」（大正三年五月十九日恒藤宛）

「ある女を昔から知つてゐた。その女がある男と約婚した。僕はその時になつてはじめて僕がその女を愛してゐる事を知つた。（中略）約婚も極《ご》く大体の話が運んだのにすぎない事を知つた。僕は求婚しようと思つた。(中略)家のものにその話をもち出した。そして烈しい反対をうけた。伯母が夜通しないた。僕も夜通し泣いた。あくる朝むづかしい顔をしながら僕が思切ると云つた。」(大正四年二月二十八日恒藤宛)

「周囲は醜《みにく》い。自己も醜い。そしてそれを目のあたりに見て生きるのは苦しい。しかも人はそのままに生きることを強ひられる。一切を神の仕業《しわざ》とすれば神の仕業は悪むべき嘲弄《ちょうろう》だ。僕はイゴイズムをはなれた愛の存在を疑ふ。(僕自身にも)。僕は時々やり切れないと思ふ事がある。(略)」(大正四年三月九日恒藤宛)

この三通の書簡から、龍之介の初恋がだいたいいつごろから芽ばえはじめたかの推察がつくと同時に、彼の経験した不幸な恋愛を想像することができるのである。

龍之介の初恋の相手は、彼の実家新原家の知り合いの家の娘であった。名前は吉田弥生といい、きわめて聡明な女性であった。順当ならば結婚にまで進むところを、どういう理由でか、芥川家ではその結婚に反対で、彼女の家を龍之介が訪問することさえ喜ばないようになった。一番強く反対したのは彼を一番愛した伯母であった。結局、この恋は実を結ばず、その女性はある海軍士官と結婚してしまった。結婚式の前日、ある知人の家で彼ら二人は逢ったが、それが最後であった。

龍之介はこの恋にはきわめて真剣であった。嫁《とつ》ぐときまってからは、また嫁いだとなってからは、いっそうその女性への想いが強まったようである。この初恋の破局は龍之介に深い痛手《いたで》を与えた。彼はいまさらながら、養子であるわが身の不自由さを痛感したに違いない。そして、誰よりも愛する伯母に、誰よりも強く反対されたことによって、二人の間にある愛にもエゴイスティックなものを見いだしたであろう。龍之介は恋を捨てて、伯母への愛をとらねばならなかった。

大正四年三月、友人藤岡蔵六あての書簡と同年五月の恒藤恭あての書簡とに見える次の歌には、この間の消息と今は人妻として去った恋人に対する彼自身の心境が語られている。

かなしさに涙もたれずひたぶるにわが目守《まも》るなるわが命はも

人妻の上をしのびて日もすがら藤の垂花わが目守《まも》るはや

この短い期間の破恋によって、彼はいっそう人間の胸の奥底にひそむエゴイズムというようなものに思いを向けるようになり、恒藤あての書簡でも「イゴイズムをはなれた愛があるかどうか」と言っているごとく、愛そのものの中にもエゴイズムを認めざるを得ないほどに深く自覚されるようになった。そして、ともすれば暗くなる気持と直面するのを避けるためにも、彼はことさら現実から目をそむけ、なるべくユーモラスな古典の世界に浸《ひた》ろうとする傾向を強めていくのであった。

漱石山房の若い弟子たち

この初恋が破局に近づいていた大正三年の十月末、彼の一家は新宿から田端《たばた》に居を移した。当時は北豊島郡滝野町田端といった。田端に移って、龍之介が最初に書いた小説は『ひょつとこ』(「帝国文学」大正四年四月)という作品である。これはなにか彼の生涯を暗示するものがあって興味深い。次に発表した小説は、準処女作と呼ばれる『羅生門《らしようもん》』であった。『羅生門』は大正四年十一月「帝国文学」に発表された。龍之介二十三歳のときである。

「当時書いた小説は、『羅生門』と『鼻』との二つだつた。自分は半年ばかり前から悪くこだはつた恋愛問題の影響で、独りになると気が沈んだから、その反対になる可《べ》く現状と懸《か》け離れた、なる可く愉快な小説が書きたかつた。そこでとりあへず先、今昔物語から材料を取つて、この二つの短編を書いた。書いたと云つても発表したのは『羅生門』だけで、『鼻』の方はまだ中途で止つたきり、暫くは片がつかなかつた。」(別稿『あの頃の自分の事』)

『羅生門』は右の引用文でもわかるように、『今昔物語』から材料を得ている。この作品の解説は後編で記すが、発表当時『羅生門』に対する世評は冷淡であった。「当時帝国文学の編集者だった青木健作氏の好意でやっと活字になることができたが、六号批評にさえ上らなかつた」と龍之介自身も語っている。しかし彼にとっては得意の作品であったことは、彼の第一創作集に『羅生門』の名をかぶせたことからも知り得るのである。

この発表順からいえば第四作目にあたる『羅生門』は龍之介の事実上の処女作、あるいは本格的な第一作とみなしてよいだろう。世にしばしば処女作は後年のすべてを語るという意味のことが言われるが、龍之介が『羅生門』以後、その作家生活の初期から中期にかけて主力を歴史物にそそぎ、歴史物が彼の作品の主流を占めている事実に我々は気づくのである。それゆえ、こういう歴史物への方向を基礎づけ、彼の作品の世界をはっきりと定めた『羅生門』に、芥川文学の出発点をなしたという重要な位置を与えねばならない。

大正四年の夏、彼は恒藤恭の郷里松江に旅行し、そこに二十日近く滞在した。彼の破恋を慰める意味もあって、恒藤が来遊をすすめたのであろう。この年の秋ごろから、第四次の「新思潮」を彼らの仲間で出そうという相談が生まれたが、それに先だち、彼の生涯に一つの重要な事柄が生じた。それは彼が久米正雄らとともに夏目漱石に会い、親しくその指導を仰ぐようになったことである。

夏目漱石（明治41年12月）

夏目漱石はその当時はもう文壇の巨匠的存在であり、次々と力作を発表していた。そして、一高や東大で教鞭をとっていたために、直接その教えを受けた門下生の中から、小説家として森田草平、鈴木三重吉、評論家として、阿部次郎、安倍能成、野上豊一郎、小宮豊隆、和辻哲郎らの当時の文壇における中堅、新進が輩出していた。中学時代から漱石を尊敬していた龍之介は英文学の大先輩として、また文壇に出る足場を求める意味からも漱石に近づこうという気持は会う前から持っていたに違いない。その機会は大学の同級生林原耕三によって開かれた。

大正四年十二月初旬、早くから漱石の門下生であった林原に伴われ、龍之介と久米正雄ははじめて漱石山房の木曜会に出席したのであった。「木曜会」というのは漱石の面会日が毎週木曜日で、この夜はそうした門下生が師漱石を囲んで文学上の談論に夜の数時間を過ごすのがきまりになっていた。はじめて漱石山房を訪れた龍之介はそれ以後、木曜会の常連になるわけだが、木曜会への出席がたびかさなるにつれ、自分の新しい師漱石の人と作品に対する敬慕の情は急激に増していったのである。龍之介はその気持を、次のように表白している。

「この頃久米と僕とが、夏目さんの所へ行くのは、久米から聞いてゐるだらう。始めて行つた時は、僕はすつかり固くなつてしまつた。今でもまだ全くその精神硬化症から自由になつちやゐない。それも唯の気づまりとは違ふんだ。(中略) 現に僕は二三度行つて、何だか夏目さんにヒプノタイズ*されそうな、――たとへばだ、僕が小説を発表した場合に、もし夏目さんが悪いと云つたら、それがどんな傑作でも悪いと自分でも信じさうな、物騒《ぶつさう》な気がし出したから、この二三週間は行くのを見合せてゐる。(略)」

(別稿『あの頃の自分の事』)

この文章からも、龍之介が漱石からいかに心を打たれたかが察せられるのである。龍之介が漱石に会い、その門下に入ったことは彼の小説家としての出発にきわめて華やかな光彩を添えたばかりでなく、大きな人

＊ヒプノタイズ (hypnotize)　催眠術をかける。魅する。

格上の感化も受けたのであった。彼は漱石が最もその才能を愛した最後の、かつ最も若い弟子であった。

「彼は大きい檞《かし》の木の下に先生の本を読んでゐた。檞《かし》の木は秋の日の光の中に一枚の葉さへ動かさなかつた。どこか遠い空中に硝子《がらす》の皿を垂れた秤《はかり》が一つ、丁度平衡を保つてゐる。――彼は先生の本を読みながら、かう云ふ光景を感じてゐた。……」（『或阿呆の一生』の「先生」から）

これは龍之介が漱石の作品の印象を、象徴的に記した一節である。

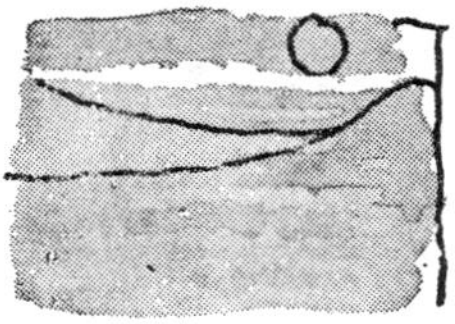

青年作家の誕生

「夜は次第に明けて行つた。彼はいつか或町の角に広い市場を見渡してゐた。市場に群つた人々や車は薔薇《ばら》色に染まり出した。彼は一本の巻煙草に火をつけ、静かに市場の中へ進んで行つた。すると細い黒犬が一匹、いきなり彼に吠えかかつた。が、彼は驚かなかつた。のみならずその犬さへ愛してゐた。（略）」

（『或阿呆の一生』の「夜明け」から）

薔薇色の夜明け

『羅生門』で認められなかった二十三歳の大学生龍之介は、一足さきに戯曲で名をあげた久米正雄に刺激されるとともに、彼に対してひそかに闘志さえ覚えはじめていた。そして漱石山房の「木曜会」へ出席がたびかさなるにつれ、ますます龍之介の創作意欲は高まっていった。大学の講義がない時、あるいは講義を欠席したりして、大学近くの久米の下宿で、成瀬正一をまじえ、文学を論じたりもしていた。この三人が「新思潮」復刊の相談をしたのは大正四年十一月のことだったが、その計画が実現したのは翌年の二月であった。

大正五年二月十五日、第四次「新思潮」は久米、松岡、成瀬、菊池及び龍之介の五人を同人として、創刊号が発刊された。同人のうち、龍之介、久米、菊池の三人が後、そろって、はなばなしい文壇的成功をみたので、第四次「新思潮」の同人たちは、その後しばしば新思潮派の名でもって呼ばれるようになった。「新思潮」は、この後も東大関係の同人雑誌として受け継がれたが、第四次ほど成功をみなかったので、「新思潮」の名は彼らの代名詞にも使用されるようになったのである。

第四次「新思潮」には、成瀬の『骨晒《ほねさら》し』、龍之介の『鼻』、菊池の『暴徒の子』、久米の『父の死』、松岡の『罪の彼方へ』が掲載された。創刊の日、彼は恒藤あてに「雑誌が出たから送る僕は同人諸君のどの原稿にも感心しない僕のにだけは好意を持つてゐる」という手紙を書いている。

大正六年の三月の終刊まで十一号を出した第四次「新思潮」において最も文名をあげたのは龍之介で、久米正雄がこれに次いでいる。龍之介が文名をあげた作品は創刊号に発表した『鼻』で、『今昔物語《こんじやくものがたり》』と『宇《う》治拾遺物語《じしゆういものがたり》』に取材した作品である。『鼻』は夏目漱石に激賞された。漱石は創刊号の出た四日後の書簡で、次のように激励した。

「新思潮のあなたのものと久米君のものと成瀬君のものを読んで見ました　あなたのものは大変面白いと思ひます　落着きがあつて巫山戯《ふざけ》てゐなくつて自然其儘《そのまま》の可笑味《おかしみ》がおつとり出てゐる所に上品な趣があります　夫から材料が非常に新しいのが眼につきます　文章が要領を得て能《よ》く整つてゐます　敬服しました　ああいふものを、是から二三十並べて御覧なさい　文壇で類のない作家になれます　然し『鼻』丈《だけ》では恐らく多数の人の眼に触れないでせう　触れてもみんなが黙過するでせう　そんな事に頓《とん》

着《ちゃく》しないでずんずんお進みなさい　群集は眼中に置かない方が身体の薬です」(二月十九日付)

この文壇の巨匠夏目漱石の賞讃は龍之介の創作への自信を高めさせてくれた。彼の生涯の中で最も感激したことの一つでもあった。従来、『鼻』は、漱石が激賞したことから、漱石門下の一人鈴木三重吉が編集顧問をしていた一流雑誌「新小説」に再掲載され、一挙に新進作家の名声を芥川にもたらしたと考えられていたが、「新小説」に『鼻』が再掲載された事実はない。作家芥川龍之介の名が文壇に広く知られるには、まだ半年程の時日を待たねばならなかった。しかし、作家としての地位を約束した作品で、彼の前には薔薇《ばら》色の夜明けが待っていた。彼は当時の心境を次のように書いている。

「夜は次第に明けて行つた。彼はいつか或町の角に広い市場を見渡してゐた。市場に群つた人々や車は薔薇色に染まり出した。彼は一本の巻煙草に火をつけ、静かに市場の中へ進んで行つた。するとか細い黒犬が一匹、いきなり彼に吠えかかつた。が、彼は驚かなかつた。のみならずその犬さへ愛してゐた。

市場のまん中には篠懸《すずかけ》が一本、四方へ枝をひろげてゐた。彼はその根もとに立ち、枝越しに高い空を見上げた。空には丁度彼の真上に星が一つ輝いてゐた。(略)」(『或阿呆の一生』の「夜明け」から)

『鼻』は龍之介の出世作となった。内容形式ともユニークな作品として当時の文壇の注目を浴びた。龍之介の『鼻』執筆の動機には、失恋のための暗い気分を転換するためにわざとユーモラスな人生の一面に心を向けたいという気持が存在していたに違いない。しかし、『鼻』のユーモアや諧謔《かいぎやく》の背後に、作者の人生に対する懐疑的な態度や、利己的な人間性への絶望観がひそんでいることを見逃してはならない。

彼は「新思潮」の第二号には『孤独地獄』を、第三号には『父』を発表した。同時に「希望」という雑誌から初めて原稿の依頼を受け、『虱《しらみ》』を書いている。『虱』によって彼は最初の原稿料を得た。彼が依頼されて書いた二番目の作品は、雑誌「人文」八月号に発表した『野呂松人形』で、これは大学在学中に書いた小説の最後でもある。第四次「新思潮」は大正六年三月に廃刊した。同人費は成瀬が毎月十五円出し、他の同人は三円ずつ、菊池は金がないため免除してもらったという。あまり売れなかったため、廃刊後、本屋に若干の負債を残した。が、代りに彼らは名声を獲得したのであった。

大正五年七月、龍之介は東京帝国大学英文科を卒業した。卒業論文は、「ウィリアム・モリスの研究」で、彼自身は「一週間で匆忙《そうぼう》の中で作成した」といっている。たえまなく創作をつづけていたとはいえ、その論文をまとめ上げるのに要した日時が、一週間というのは龍之介一流の誇張であるとみるべきであろう。卒業成績は二十名中、二番であった。

華《はな》やかな登場

大学卒業後、龍之介は引き続いて大学院に籍を置くことにした。大学を卒業してまもなく、「新小説」から九月特別号の原稿を依頼された。

『鼻』によって彼の名は一部に知られていたが、今度は正面から文壇の華やかな舞台に初登場することになったのである。「新小説」に作品を発表することは、小説家としての力量をはじめて世に問うことであり、その作品に対する文壇での評価は龍之介の将来に大きく関係するので、彼はこれまでになく緊張と不安が強かった。七月二十五日の友人恒藤あての書簡には「僕は来月の新小説へ芋粥と云ふ小説を書く」と書いているが、このころの友人あての書簡を読むと、彼の緊張と不安が、そしてまさに世に出ようとする青年作家の激しい意気込みがうかがわれるのである。

彼は発表作品を『芋粥《いもがゆ》』という題に決め、八月一日から書き始めた。執筆の速度は一日に原稿用紙一枚しか書けなかった日もあり、やっと二枚書けた日もあった。この苦心ぶりから、彼が『芋粥』にいかに大きく賭《か》けていたかが推察されよう。「目下門を閉ぢて客を避く蓋《けだし》原稿の〆《しめ》切日に違《たが》ふを恐るれば也」と八月九日の秦豊吉あての書簡にあるように、客を避け、家に閉じこもって努力し、八月十二日に書き上げたのであった。書き上げた原稿を「新小説」の編集部に渡した龍之介は、八月十七日久米正雄と千葉県一の宮の海岸に避暑に出かけた。

初舞台をふむ人間なら誰もが感ずるように、彼は『芋粥』の出来栄えにきわめて不安であった。彼はその避暑先から、漱石あてに四回ほどの手紙や葉書を書き送って、その不安を訴えている。漱石は龍之介の不安を和らげ、励ます返事を書いているが、その書簡の中には、漱石の若い弟子に対する温い愛情がみちみちており、心打つものがある。

やがて「新小説」の九月号が出た。漱石は一の宮の龍之介あてに『芋粥』の読後評を書き送った。

「只今『芋粥』を読みました　君が心配してゐる事を知つてゐる故一寸感想を書いてあげます。あれは何時もより骨を折り過ぎました。*細叙絮説《さいじよじよせつ》に過ぎました。（中略）うんと気張り過ぎるからああなるのです。物語り類は（西洋のものでも）シムプルなナイーヴな点に面白味が伴ひます。（中略）然し芋粥の命令が下つたあとは非常に出来がよろしい。立派なものです。然して御手際からいふと首尾一貫してゐるのだから文句をつければ前半の内容があれ丈の労力に価しないといふ事に帰着しなければなりません。新思潮へ書く積りでやつたら全体の出来栄もつと見事になつたらうと思ひます。然し是は悪くいふ側からです。技巧は前後を通じて立派なものです　誰に対したつて恥しい事はありません。（中略）此批評は君の参考の為です。僕自身を標準にする訳ではありません。自分の事は棚へ上げて君のために（未来の）一言するのです。ただ芋粥丈を（前後を截断して）批評するならもつと賞めます（下略）。」（九月二日付）

この愛情にみちあふれた、しかも『芋粥』を高く評価した漱石の手紙は、どれほど龍之介に歓喜と自信を与えたかは想像にかたくない。この批評を書き送った時、漱石は病気と闘いつつ、あの未完の長編『明暗』を執筆中であった。

『芋粥』はその華やかな初舞台にふさわしく、きわめて好評であった。翌十月には当時最高の桧舞台《ひのきぶたい》であった「中央公論」からの依頼を受け、『手巾《はんけち》』を発表し、さらに十一月には「新小説」からまた依頼され、『煙管《きせる》』を書き、「文章世界」と「新潮」との求めに応じて、翌六年の新年号に『運』と『尾形了斎覚え

*細叙絮説　こまかく、くどくどと説明すること。

書』の二作品を矢つぎばやに発表した。全く『芋粥』の成功によって、彼はたちまち流行作家としての地位を獲得してしまったのである。『芋粥』を書いた「新小説」九月号が出るまで、あれほど不安がっていた龍之介は、五年十月二十四日には「この頃僕も文壇に入籍届だけは出せました」（原善一郎宛）と書いているし、師の漱石からも「芥川君は売れッ子になりましたくし。久米君もすぐ名が出るでせう」（五年十一月十六日成瀬正一宛）と言われるようになった。無名の一同人雑誌の作家芥川龍之介は、『鼻』を発表してから半年を待たずに、その文壇的地位を揺るぎないものとしたのである。なお『芋粥』は『今昔物語』及び『宇治拾遺物語』から素材を得たもので、『鼻』と同系統の作品である。

二十四歳の若さで文壇にデビューした龍之介は、大正五年も残り少なくなったころ、一高時代の恩師の世話で、横須賀の海軍機関学校へ英語の嘱託《しょくたく》教師として就職することになった。新進作家として名はあがっても、原稿料だけでの生活は不安であったし、養父母から経済的に独立したいという気持や、人生経験を得たいという考えなどが就職へ踏みきらせたのであろう。

海軍機関学校に十二月一日から勤務することになった龍之介は、十一月下旬から住居を田端から鎌倉に移した。下宿先は鎌倉和田塚の野間西洋洗濯店の裏座敷にきまった。学校からもらう報酬は月額六十円であった。

龍之介が鎌倉に移って十日後の十二月九日、彼の師夏目漱石が早稲田南町の自宅において世を去った。漱石は五度目の胃潰瘍《いかいよう》が悪化して前月から病床に臥していたのだった。龍之介はただちに鎌倉から駆けつけ、通夜の席に連なった。葬儀は十二日、青山斎場で行なわれた。龍之介は漱石がその晩年にもっとも愛した弟子であった。漱石山房に出入りするようになって、龍之介は師漱石から大きな人格的感化を受けていた。『鼻』『芋粥』などを誰よりも早く賞讃して、文壇にデビューするきっかけを与えてくれたのは師漱石にほかならなかった。その死は龍之介にとってあまりにも早すぎた。彼にとって、師漱石の死はきわめて大きな打撃であり、思うだに堪えがたい悲しみであったに相違ない。彼は『或阿呆の一生』の中に「先生の死」を次のように表白している。

「彼は雨上りの風の中に或新らしい停車場のプラットフォオムを歩いてゐた。空はまだ薄暗かつた。プラットフォオムの向うには鉄道工夫が三四人、一齊《いっせい》に鶴嘴《つるはし》を上下させながら、何か高い声にうたつてゐた。

雨上りの風は工夫の唄や彼の感情を吹きちぎつた。彼は葉煙草に火もつけずに歓びに近い苦しみを感じてゐた。『センセイキトク』の電報を外套のポケットへ押しこんだまま。……

そこへ向うの松山のかげから午前六時の上り列車が一列、薄い煙を靡《なび》かせながら、うねるやうにこちらへ近づきはじめた。」

龍之介は文学の上でも、また人格的な面でも、師漱石から大きな感化を受けている。ことにその人格的な影響は実に大きなものである。後年、彼が文学者として世に処すべき態度を漱石のそれにみならった二、三の例からもそれは理解されるのである。思うに漱石の死は彼にとって、あまりに早すぎた死であった。もし漱石の死がなかったなら、龍之介の死はあのように早くはやってこなかったのではなかろうか。漱石の墓は豊島区雑司《ぞうし》ヶ谷《や》墓地にある。

古都でのやすらぎ

就職のための転居、師漱石の死と、大正五年の暮れは龍之介にとって落ち着かない毎日であった。特に漱石の死により彼は鎌倉での下宿生活をいっそう侘《わび》しく、堪えがたいものに感じるのであった。しかし、古都鎌倉の落ち着いた雰囲気《ふんいき》はやがて、彼の深い悲しみを和らげ、慰めてくれるようになった。悲しみの年も暮れて、鎌倉で大正六年の正月を迎えた龍之介は次々と創作を発表した。まず一月は『道祖問答』を「大阪朝日新聞」に発表し、三月には『忠義』を「黒潮」に載せ、『偸盗《ちゆうとう》』を「中央公論」に四月、七月と分載した。さらに、『貉《むじな》』を四月、「読売新聞」に発表し、『さまよへる猶太人《ゆだやじん》』を「新潮」の六月号に掲載し、作家としての名声はますます高まっていった。また五月には彼の短編を集めた第一創作集が刊行された。「夏目先生の霊前に献ず」と前書きされた短編集『羅生門』は、題名となった『羅生門』をはじめ、『鼻』『芋粥』『手巾』『尾形了斎覚え書』など合計十四の短編からなっていた。二、三の作品を除けば、龍之介二十四歳の時に書いた作品で、その半分は「新思潮」に掲載されたものである。本の題字は一高時代の恩師菅虎雄に書いてもらい、装幀《そうてい》は龍之介自身であった。一月後の六月二十七日には、『羅生門』出版記念会が日本橋のレストラン鴻の巣で催された。佐藤春夫、江口渙、久米正雄、松岡譲のほかに漱石門下の鈴木三重吉、小宮豊隆、それに谷崎潤一郎らが発起人となって、華やかに開催された。その会の模様を佐藤春夫は「卓上にはどつさりスイトピーや薔薇などが盛られてあつた。自分は迚《とて》も希望のない自分の文学的生涯を考へながら颯爽《さつそう》として席の中心にゐる芥川を幸福だと思つた。」と追懐している。わずか二十五歳にしてその作品集を刊行した龍之介は、九月に『或日の大石内蔵助』(「中央公論」)を発表し、その月の十四日に十ヵ月暮らした鎌倉から下宿先を横須賀に移した。なお、『或日の大石内蔵助』は「忠臣蔵」の主人公としてあまりにも世俗化している大石内蔵助の心理に、新しい解釈を加えて、近代人としての性格を与えた作品で、世評もなかなか好評であった。

『羅生門』出版記念会
(大正6年6月 日本橋の鴻の巣にて)

龍之介の歴史小説はその材料及び背景に従って、王朝物、切支丹物、江戸時代物、明治開化期物、中国物という風に分類できるが、『鼻』『芋粥』などの王朝物、『尾形了斎覚え書』などの切支丹物につづいて江戸時代物という新しい衣裳をまとって発表されたのがこの『或日の大石内蔵助』である。同じ年の十一月には江戸時代物の代表作というべき『戯作三昧』が「大阪毎日新聞」に連載された。これは彼の最初の新聞小説でもある。『戯作三味』は、力作で世評も高かったが、龍之介自身の作家としての思想や感情や問題が、主人公馬琴に託して盛り込まれている点に特に注意することが大切である。おなじ十一月、龍之介の第二創作集が刊行された。この創作集は『煙草と悪魔』の表題のもとに、新潮社で刊行していた「新進作家叢書」の一つとして出されたが、第一創作集『羅生門』の所載もれの作品を集めたという観があって見劣りするのをまぬがれない。収められた十一編のうち『父』と『煙管』は『羅生門』と共通、したがって新収載は九編だが、「新思潮」時代の凡作をもふくみ、目ぼしい作品は『或日の大石内蔵助』くらいなものである。それにしても、一年に二冊の作品集を刊行したことは、いかに龍之介が流行作家として華やかな存在になっていたかを物語っている。

丁度《ちょうど》この頃、漱石死後の夏目家に最も接近していた久米正雄と松岡譲の間に、亡師の令嬢に対する恋愛をめぐって仲違《たが》いが起こっていた。漱石の長女筆子に好意を寄せていた久米正雄は、筆子に求愛し承諾の言葉を得た後、鏡子未亡人に結婚の申し入れをし、一応内諾を得ていた。しかし、鏡子未亡人は自分の一存では決定しかねたので、漱石門下の先輩格にあたる小宮豊隆、鈴木三重吉、森田草平らに相談したところ、彼らは「久米のような軽佻浮薄《けいちょうふはく》な男ではいかん、芥川ならよい。」といって龍之介を筆子の婿の第一候補にあげたのであった。そのため久米は鏡子未亡人から結婚申し入れを断わられたうえに、夏目家への出入りも禁じられてしまった。久米は失意のうちに郷里福島県へ帰っていったのである。久米はこの事件の経緯をその作品『和霊』と『破船』の中に書いているが、その一節を引用してみよう。なお、文中、中根家とあるのは夏目家のことであり、冬子は筆子、秋山は芥川、私たちは久米と松岡、房子は塚本文子のことである。

「初め中根家では故先生の遺志といふ程ではないにしても、その門下の最優秀といふ所から、冥々《めいめい》の間に冬子の配偶の候補者として秋山が挙げられてゐた。而して秋山に其当時もあつた約婚の人がなく、又秋山自身冬子を気に入つてでもゐたならば、私たちが横合ひから飛び出す事もなく、至極無事に円満な結果を見たかも知れなかつた。が秋山の意中は当時既に房子さんといふ今の細君の方に在つた。」

「その房子さんが、その秋山が第一候補だつたといふ事を洩《も》れ聞いて、自分のやうなものがある為に、秋山が中根家の良婿といふ、立身出世の道を塞《ふさ》いだといふので、自分の方は関《かま》はないから、約束を取消して呉《く》れと迫つた。」

許嫁文子あてのはがき
（大正6年8月龍之介26歳）

許嫁塚本文子が夏目家のことを気にしているのを知つた龍之介は、早速「夏目さんの方は向うでこつちを何とも思つてゐない如く　こつちも向うを何とも思つてゐません〔削除〕僕は文ちやんと約束があつたから　夏目さんのを断るとか何とか云ふのではありません　約束がなくつても、断るのです　文ちやん以外の人と幸福に暮す事が出来ようなぞとは、元より夢にも思つてはゐません、僕に力を与へ僕の生活を愉快にする人があるとすれば、それは唯文ち

結婚当時の芥川夫人文子（18歳）

やんだけです」（大正六年九月五日文子宛）と書いて送った。
龍之介と塚本文子は大正五年十二月に婚約を取り交わしていた。文子は龍之介の中学時代の友人山本喜誉司の姪《めい》で、父は日露戦争の時に戦死し、母の実家山本家に寄寓していた。久米正雄は『破船』の中で、塚本文子を、「健気な未亡人の手で淑《つま》しく併《しか》し確《しっか》りと育てられた。若い健康な、どちらかと云へば少し円顔の、可愛い」女性だったと書いている。
文子との結婚は大正七年二月二日だった。二月一日付けの松岡譲あての手紙には「僕は明二日結婚する細君は当分うちに置いて僕だけ横須賀で下宿住ひをするつもり鎌倉にはまだ適当な借家が見つからないとにかく貧乏で悲観してゐるこれが僕の書いた唯一の結婚通知状だ」とある。結婚式は親類縁者だけで質素に行なったらしい。それは丁度彼の親友久米と松岡の恋争いが終わり、松岡は筆子と結婚し、久米は失意のさなかであったことによるのであろう。時に龍之介二十六歳、文子は十八歳であった。結婚早々、文子は夫とは一緒に住めず、だいたいは田端の家で数多い老人たちに仕えねばならなかった。しとやかで、気だてのよい文子であっても、老人たちとの新しい家庭生活はやはり神経の疲れる日々であった。幸い、三月になると鎌倉にかっこうな借家が見つかったので、龍之介は妻と伯母と、それに女中を加えた四人の静かな生活を送ることになった。鎌倉の新居は八畳二間、六畳一間、四畳半二間、それに湯殿や台所という間取りであった。庭には蓮池があり、そのほとりに芭蕉が五、六本植えてあった。海へもあまり遠くなく居心地のよい住居だった。龍之介は昼間は機関学校で英語を教え、若い妻のいる新居で夜と休日に小説を書いた。東京から汽車で一時間もかかったこの海岸の町で、龍之介たちの静かな生活が続いた。古都鎌倉での生活は大正八年四月までの約一年あまりにわたったが、彼の生涯で、生活の上でも、文学の上でも、最も幸福な時代であった。

結婚した同じ二月に龍之介は、薄田淳介《すすきだじゅんすけ》（詩人薄田泣菫《きゅうきん》）を通じて、大阪毎日新聞の社友になっている。「雑誌に小説を発表することは自由。新聞へは大毎（東日）外一切執筆しない。報酬は月額五十円とし、小説の原稿料は従前通り。」などが社友の条件で、これは師漱石が朝日新聞入社の際とった態度にならったと思われる。彼は経済的安定の上に立って、創作活動に精進したいと考えていたので、このような契約を結んだのであろう。

なお鎌倉での生活がはじまる前後から、彼は俳句にも興味を持つようになった。小学校時代にすでに俳句を作ったことのある彼は、大正五年ごろからふたたび句作をはじめ、書簡にはかならずといってよいほど俳句をしるすようになった。結婚後、鎌倉に住むようになってからは、同じく鎌倉に住む高浜虚子《きょし》に紹介され、「ホトトギス」に投稿するようになった。彼と俳句に関しては、その著『わが俳諧修業』にくわしく書かれている。

菊池　寛

多種多様な衣裳

龍之介の鎌倉での新しい生活は、彼の二十六歳の三月二十九日（大正七年、一九一八）から翌二十七歳の四月二十八日までの約一年一か月で、彼にとって最も恵まれた期間であり、多くの力作を発表した年でもある。また、この期間は、過去四年あまりつづいた第一次世界大戦がようやく終わった時期でもあった。大正六年（一九一七）にはロシアに大革命が起こり、大正七年には第一次世界大戦がようやく幕を閉じた。文壇では、大正七年秋田雨雀らが人民解放的な社会主義文学運動を起こした。これは数年後にプロレタリア文学運動へと展開して行くのであるが、文壇全般には、第一次世界大戦終了のころ、すなわち龍之介の鎌倉新居当時は、まだいわゆるブルジョア文学が支配的であった。耽美派の文学に代わって興隆した白樺派の文学も、新しく台頭してきた新しい文学グループに文壇の主流を譲らねばならなくなっていた。すでに流行作家の地位を不動のものにしている龍之介をはじめとして、大正七年代に入って、著しくその名声をあげ流行作家の地位を獲得しつつあった菊池寛や久米正雄、そのほか豊島与志雄、山本有三、佐藤春夫、宇野浩二らがその代表であった。これらの作家には理知的傾向が共通してみられるため、彼らの文学は理知主義の文学、あるいは「新思潮」同人の出身者が多いため、新思潮派などと呼ばれ、大正後期の文壇の中心勢力となったのである。

新思潮派の代表作家芥川龍之介は、鎌倉在住の一年あまりの間に次々と佳作力作を発表したが、大正七年の四月、「新小説」と「中央公論」に二作品を掲載した後、同年五月には、「大阪毎日新聞」に『地獄変』を連載した。この作品は彼の「王朝物」の代表作で、『戯作三昧』と同じく作者の自己投影がなされている点に注目しなければならない。主人公の絵師良秀の芸術至上主義的人生態度は、そのまま芸術に絶対の価値を置き、人生の最高のものと考える芸術至上主義者龍之介の人生態度に通じているのである。この小説は最後に主人公良秀の自殺で終わるが、龍之介の後年の死を思うとき、何か暗示的でさえある。

つづいて七月には鈴木三重吉の主宰する童話雑誌「赤い鳥」に『蜘蛛《くも》の糸』を掲載した。これは彼の最初の童話で、人間の持つエゴイズムへの絶望感を内に秘めながらも、上品な澄明さを備えた佳作である。同じ七月「中央公論」に明治開化期物という新しい歴史の衣裳をまとわせた『開化の殺人』を発表し、九月には「三田文学」に『奉教人の死』を発表した。これは切支丹《キリシタン》物の代表作である。十月に入って、彼は『枯野抄』を「新小説」に書き、『邪宗門』を「大阪毎日」に連載した。『枯野抄』は芭蕉の臨終に際して、その弟子たちの心理や感情をみごとに描いた力作で、漱石の死と弟子たちを連想させる作品である。十一月に『るしへる』を「雄弁」に発表した龍之介は、十一月、十二月と新年号の原稿に忙殺され、大正八年の正月を迎えた。

この正月には彼の第三創作集『傀儡師《かいらいし》』が出版された。この作品集は結婚の前年にあたる大正六年十月から八年一月に至る十一の作品を含んでいるが、彼にとって最も恵まれた鎌倉在住時代の作がほとんどである。

これは『羅生門』とともに彼の作品集としては最も重要なものである。『奉教人の死』『戯作三昧』『地獄変』などの彼の切支丹物、江戸物、王朝物の代表作がそれぞれ収められている。十一編中、現代に取材したのはわずか二編で、他はすべて歴史小説であり、当時の龍之介の小説家としての傾向を知り得るであろう。この第三創作集の時代は、龍之介の文壇的地位は確固たるもので、二十七歳の青年作家は押しも押されぬ中堅作家になっていた。多忙な機関学校の教師の席にありながら、多くの佳作力作を書き上げたその才能は驚くべきものがある。しかも多種多様な題材を、多種多様な様式と文体でたくみに描き分けている才能は、まさに天才の名に恥じないだろう。

機関学校での教師生活はそれほど窮屈なものではなかったが、彼の作家としての名声が高まるにつれ、龍之介は時間にしばられる教職にしだいに苦痛を感じはじめた。大正八年から週八時間の授業時間がふえそうな気配であったし、作家生活を続けて行く上に、文壇の中心東京から離れた鎌倉に住むことは不便であり、不安でもあったので、彼は教師生活をやめ、東京に帰ることを思案した。はじめ慶応大学の教師という話もあったが、結局今までの社友をやめ、正式に大阪毎日新聞に入社することになった。出勤する義務はなく、年何回かの小説を書き、報酬は今までの五十円から機関学校でもらっていた程度（百三十円）の報酬で、小説の原稿料はその代わりもらわない、というのが入社の際出した龍之介の条件であった。丁度夏目漱石と東京朝日新聞との関係に等しいもので、ここでも彼は師の行き方を学んだ訳である。龍之介は希望どおり、大正八年三月大阪毎日に入社することになった。当時作家としての名声が高まりつつあった菊池寛も龍之介の紹介で入社することになった。龍之介は三月二十八日の授業を最後に、二年四ヵ月ほどの海軍機関学校教師の職を辞した。なお教師としての彼の生活は、いわゆる「保吉物」に描かれている。もちろん、それがそのまま本当の姿を伝えている訳ではない。

大阪毎日に入社の決定した龍之介は『きりしとほろ上人伝』（大正八年三月、五月「新小説」分載）を締めくくりとして、鎌倉を引き上げ、八年四月二十八日に東京田端の自宅に戻った。ここまでの時期を作家芥川龍之介の前期とみるのが適切である。この年の新春は、流行性感冒が流行し、彼も冒され、久米正雄も一時危篤《きとく》に近い状態であった。龍之介の実父新原敏三もまた、この感冒で三月十六日に死亡した。七十歳であった。『点鬼簿』にこの時の事情の細かい描写がある。

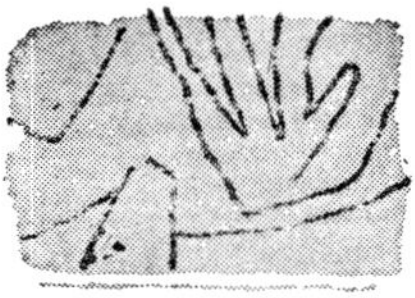

疲労と転機の秋

「彼は或大学生と芒原《すすきはら》の中を歩いてゐた。

『君たちはまだ生活欲を盛に持つてゐるだらうね？』

『ええ、——だつてあなたでも……』

『ところが僕は持つてゐないんだよ。制作欲だけは持つてゐるけれども。』

それは彼の真情だつた。彼は実際いつの間にか生活に興味を失つてゐた。

『制作欲もやつぱり生活欲でせう。』

彼は何とも答へなかつた。芒原はいつか赤い穂の上にはつきりと噴火山を露し出した。彼はこの噴火山に何か羨望に近いものを感じた。しかしそれは彼自身にもなぜと云ふことはわからなかつた。……」


（『或阿呆の一生』の「倦怠」から）

新しい試みの『秋』

東京田端へ戻った龍之介は、二階の書斎を「我鬼窟《がきくつ》」と名づけ、恩師菅虎雄の書になる「我鬼窟」の額を掲げた。我鬼とはもともと彼の俳号で、書簡などにはもっぱら「我鬼」と署名

左より小穴隆一、龍之介、岡栄一郎、佐々木茂索（大正10年3月）

していた。この書斎「我鬼窟」での作家生活から作家芥川龍之介の中期が始まった。鎌倉での生活までを前期、大正十三年の末頃までの約六年間を中期、それ以後を後期と考えるのが適切である。

中期は前期のはなばなしい躍進にひきかえ、前期の作風を持続、反復するとともに、マンネリズムに傾いた物語風の世界から抜け出し、現実の生活に題材を求めるという新しい試みに努力した時代である。

当時龍之介の周囲には「龍門」の四天王と呼ばれていた、小島政二郎、佐々木茂索、滝井孝作、南部修太郎のほか、中戸川吉二、岡栄一郎らの新進作家が集まっていた。また大正末期から堀辰雄も出入りするようになっていた。友人の中では室生《むろう》犀星《さいせい》が最も親しく往来した一人であった。龍之介は漱石の「木曜会」にならってか面会日を日曜日ときめ、この日になると前記の作家たちが、彼の書斎「我鬼窟」に集まって、なごやかながらも激しい文学的雰囲気を作り出していた。大正八年の春ごろから「我鬼窟」に出入りをはじめた滝井孝作は「面会日には芥川龍之介先生は朝から客に会ひ夜更けに至るまで客を飽かせずに務めてをられた。（中略）書斎には小説家の仕事の空気も濃厚でぼくらは語り合つてゐる中に先生の創作欲に感染してしまふのだつた。（中略）先生は自分の小説の型にあてはめたりせずに、後進の原稿に就て各自の特色才能を一々実によく認め本人の未だ気付かん点まで巧妙に引張り出して指導された」（「小感」）と追懐している。この文章にもあるように龍之介は、本人も気づかない才能を見いだし、それを成長させようと絶えず努力した。小島政二郎をはじめとする多くの龍之介の周囲に集まった新進作家はそういう点で彼に負う所が非常に大きいのである。当人の気づかぬ才能を見いだし、それを成長させようと努めたのはなにも小説家ばかりでなく、画家小穴隆一にもあてはまることである。小穴隆一は晩年の龍之介の最も親しい友人であったが、その小穴が滝井に伴われてはじめて「我鬼窟」を訪問したのは大正八年十一月であった。龍之介は小穴隆一について、『或阿呆の一生』で次のように描いている。

「それは或雑誌の挿し絵だつた。が、一羽の雄鶏の墨画《すみえ》は著しい個性を示してゐた。彼は或友だちにこの画家のことを尋ねたりした。一週間ばかりたつた後、この画家は彼を訪問した。それは彼の一生のうちでも特に著しい事件だつた。彼はこの画家の中に誰も知らない詩を発見した。のみならず彼自身も知らずにゐた彼の魂を発見した。（略）」

（『或阿呆の一生』の「或画家」から）

三十歳にもみたない龍之介は、多くの新進作家や作家志望の青年に囲まれて、その作家生活を送っていた。彼の周囲に集まったのは、作家ばかりでなく小穴隆一のような画家もいた。そしてまた、龍之介の名声が高まるにつれ、その名声を慕い、作品を愛好する女性が周囲に生まれはじめてもいた。それらの女性との関係が彼の心に時々暗い翳《かげ》を落とすようになった。この年（大正八年）の五月はじめに彼は菊池寛とともに長崎まで旅行した。『奉教人の死』『きりしとほろ上人伝』などの切支丹物を書き、かねてから切支丹に関心を持っていた龍之介は、長崎で切支丹の遺跡をたずねる目的があった。はじめて見た長崎で、龍之介の南蛮趣味は十分に満たされた。支那趣味と西洋趣味の雑居している長崎に住んでギヤマンを集めたり、阿蘭陀皿《おらんだざら》を集めたり、切支丹本を集めたりして暮らしたくなったと、友人あてに書いているほど長崎の町が気に入ってしまった。

その長崎滞在中に、そのころ長崎県立病院の精神科に勤務していた斎藤茂吉と龍之介は、初めて対面した。彼は『僻見』の中で、「僕の詩歌に対する眼は誰のお世話になつたのでもない。斎藤茂吉にあけて貰ったのである」と記しているごとく、『赤光』は彼の愛読書の一つだった。長崎からの帰途、彼と菊池寛は入社の挨拶をかねて、大阪毎日新聞社を訪ね、五月十八日に東京に帰ってきた。

帰京後の五月二十日から、彼は大阪毎日新聞入社第一作の連載小説の執筆にかかり、現代物の長編『路上』を六月三十日から連載した。「愈出《いよいよ》でて愈愚作になりさうなので少からず悲観してゐる」（南部修太郎宛書簡）と語ったり、大阪毎日の薄田泣菫にも「『路上』の出来、どうも思はしからず」と恐縮の手紙を書いているほどの凡作で、半年前の『邪宗門』と同様、前編だけで連載が中止された。構成力の乏しさがこの長編を失敗作にしたのであるが、そのほか、新聞小説のため読者の受けに対する心配が多少筆の動きを拘束したということも原因の一つであろう。つづいて、『じゆりあの・吉助』（九月「新小説」）、『妖婆《ようば》』（九月、十月「中央公論」）を発表した。『妖婆』は現代物だが一種の怪談で、これも失敗作であった。この年（大正八年）は龍之介にとって停滞期にあたると考えられる。停滞という語が不適切なら、新しい実験を試みようとした時期と考えてよかろう。従来の境地に停滞していては、身動きのとれなくなることを恐れて、進んでさまざまな新しい実験を試みようとしたため、失敗作が続いたとも考えられる。大正八年は彼の創作活動の中では、最も精彩に乏しい年であった。さしたる佳作力作もなく、この年も過ぎ、翌九年の一月には、八年におおむね発表された作品を集めて、第四創作集『影燈籠』が出版された。

『影燈籠』の出版された一月には、彼は『鼠小僧次郎吉』（「中央公論」）と『舞踏会』（「新潮」）の二作品を発表した。この二作は、前年度の失敗作からある程度の立ち直りを示した作品である。特に『舞踏会』は、短いが美しい短編で、彼の開化期物の中での佳作である。四月には『秋』を「中央公論」に発表した。この作品は、彼の多くの歴史衣裳をまとった作品と異なり、珍しく現代生活を描いたものである。歴史小説とちがって不慣れの領域だけに、龍之介は非常に不安であったが、幸い好評であった。『秋』は従来の作風に一転機を画したといわれた作品で、出来栄えよりむしろ、新領域の開拓を試み、ある程度の成功をおさめたという点に大きな意義が見いだされるのである。

この年には、連載小説『素戔嗚尊《すさのをのみこと》』（四～六月「大阪毎日」）、『黒衣聖母』（五月「文章倶楽部」）、『南京の基督』（七月「中央公論」）、『杜子春《とししゅん》』（七月「赤い鳥」）、『お律と子等と』（十月、十一月「中央公論」）などを発表した。そのうち、『素戔嗚尊』は作者が依然として長編は苦手であることを示した作品だが、『南京の基督』はキリスト教信者である無知な売春少女を主人公にして、無知で純真な人間の幸福を描いた佳作である。『杜子春』は龍之介の全童話作品中でも『蜘蛛の糸』にならぶ秀作であろう。大正九年も前年ほどではないにしても、不調の年であった。

なお、この年の四月十日、龍之介の最初の子、比呂志が誕生した（戸籍上は三月三十一日）。名づけ親は菊池寛で、彼の名前「寛《ひろし》」をとって比呂志と命名された。現在の新劇俳優芥川比呂志である。また八月のはじめから一ヶ月程宮城県の青根温泉に滞在し、十一月には宇野浩二、菊池寛らと関西に講演旅行に行ったりもした。

大正九年も終わり、十年の正月を迎えた龍之介は「改造」と「中央公論」に『秋山図』と『山鴫《しぎ》』を発表した。『秋山図』は前年の十二月に書き上げた作品で、作者の個性がよく生かされた、中期の作中での秀作である。龍之介は年とともに東洋芸術への趣味を深めていったが、この『秋山図』も中国の絵画への造詣の上に成立した作品で、彼の芸術観をうかがい知ることができる。『山鴫』はトルストイとツルゲーネフとの性格を射落とされた一羽の山鴫をめぐって対照的に描き出した作品である。『秋山図』『山鴫』ともに、彼の読んだ書物からヒントを得ていて、彼の苦心や勉強のほどが推察されるとともに、芥川文学が学才の所産だということをはっきりと示してくれる作品である。それにしても、彼の時代物の衣裳が多彩と多様を加えていったことは驚くばかりである。

三月、第五創作集『夜来の花』が出版された。『影燈籠』以後の短編を集めたもので、ほぼ大正九年に発表した作品と、十年一月に発表した『秋山図』と『山鴫』の二編を含む十五編の作品集である。装幀は小穴

中国服の龍之介（左）
（大正10年中国の旅にて）

隆一で、これ以後、龍之介の書物のほとんど全部は小穴の装幀である。

疲労と行き詰まりと

『夜来の花』を刊行した同じ大正十年三月、龍之介は大阪毎日新聞の海外視察員として、中国に渡った。東京を発ったのは三月十九日だが、大阪着後病気になり、二十八日門司発の船でようやく上海に向かった。三十日には上海に着いたが、上海でもまた乾性肋膜炎で三週間あまりの病院生活を送った。四月二十三日退院し、上海を振り出しに、江南一帯を経て、長江をさかのぼり、廬山にのぼったのち、武漢、洞庭湖、長沙を経て、北京に遊び、朝鮮経由で七月に帰京した。前後四ヵ月の大旅行であった。

大阪毎日新聞では彼の中国旅行に大いに期待をかけ、「近日の紙上より芥川龍之介氏の支那印象記を掲載する。芥川氏は現代文壇の第一人者(略)氏は今筆を載せて上海にあり」と三月三十一日の紙上に予告した。

しかし、その予告は実現されず、旅行は前述のごとく、はじめからつまづきを見せていた。そして、はじめの予定では、旅行中原稿を送付し、逐次掲載の予定だったが、結局それも実行されず、帰京後の八月に入ってから、まず『上海游記』が掲載され、つづいて『江南游記』が翌年一月から発表された。そして大正十四年十一月になって、他の紀行文もあわせた単行本『支那游記』が出版されたのである。

龍之介が中国での印象記を逐次送ると新聞社に約束しながら、それが果たせず、その上帰京してからも思うように印象記の筆が進まなかった理由に、彼の健康があげられる。彼の健康は、この旅行後、急に衰えを見せはじめた。もともと虚弱な体質であったが、上海で肋膜炎のため入院し、帰国後は旅行中の過労の結果、神経衰弱に悩み、痔疾《じしつ》まで覚えるようになった。「四百四病一時に発し床上に呻吟してゐます」（九月十四日森林太郎、与謝野晶子宛）とか、「神経衰弱甚しく催眠薬なしに一睡も出来ぬ次第」（十一月二十四日、薄田泣菫宛）と自ら語っているほどである。十月一日から南部修太郎と湯河原に静養に出かけ、二十日近く滞在したが、健康は大分回復したものの、神経衰弱と不眠症とは一向に直らなかったようである。その間、『好色』を「改造」の十月号に発表した。

湯河原から帰京すると、中国旅行のため延ばしていた原稿依頼が各雑誌から殺到した。彼は病軀をおして、大正十一年の新年号に、『藪《やぶ》の中』（「新潮」）、『俊寛《しゅんかん》』（「中央公論」）、『将軍』（「改造」）、『神神の微笑』（「新小説」）の四作品を書いた。当時の一流雑誌の、しかも新年号にそれぞれ四つの作品を発表していることは、いかに彼が文壇に重きをなしていたか、いかに彼が人気作家として市場価値が高かったかを物語るものである。

大正十一年一月には、人に「死相がある」といわれたほど憔悴《しょうすい》しきっていたが、文芸講演会の講師として、菊池、小島とともに名古屋に行った。このころ、気分転換の意味もあってか、書斎を従来の「我鬼窟」から「澄江堂《ちょうこうどう》」と改めた。「澄江堂」とは幼時から親しんでいた隅田川にちなんで名づけられたのだろう。十一年四月には、養母と伯母ふきとを伴って、京都に花見に出かけ、その月末には東京を発って二度目の長崎旅行を実現した。長崎の町と港は、龍之介の異国趣味を満足させ、衰弱した身心をいやすのに役立った。

この年の十一月、次男多加志が生まれた。親友小穴隆一の「隆」をとって、多加志と命名されたのである。家庭は妻と二人の子供のほかに、養父母に伯母が同居し、息苦しい毎日であった。彼の健康はますます衰えていった。友人あての手紙に、「神経衰弱、胃痙攣《いけいれん》、腸カタル、ピリン疹《しん》、心悸昂進《しんきこうしん》」（十二月十七日）と書いているほど多くの病気に悩まされていた。大正十一年の発表作品を列記すると、新年号発表の四作品のほか、『トロッコ』『お富の貞操』『庭』『六の宮の姫君』などである。翌大正十二年の新年号にはまったく彼の名は見られない。大正六年以降、一流雑誌の新年号に彼の作品が掲載されない年はなかった。病気のため、みな断わってしまったのだった。

このように病気で苦しんでいる彼の上に、時代の新しい流れもしだいに彼を圧迫しはじめていた。彼が鎌倉から東京に帰住した翌年（大正九年、一九二〇）には第一次世界大戦後の経済恐慌がその激しさを加え、失業者が増加しつつあった。それとともに、農民運動や労働運動が起こりはじめ、大正九年五月には我が国最初のメーデーが行なわれ、社会主義同盟が結成された。文壇にもこのような動きはただちに反映して、大正十年十月には雑誌「種蒔く人」が刊行され、プロレタリア文学の興隆をみることになった。さらに翌年、日本共産党も結成され、文壇では龍之介の私淑していた巨匠森鷗外が世を去った。左翼傾向の新進作家や批評家は、既成作家たちをブルジョア作家と呼び、その文学を攻撃し、否定した。龍之介は十一年一月『将軍』を発表し、反戦的態度や意識を示したが、ブルジョア作家と見なすプロレタリア派からの攻撃は、しだいに強くなるばかりだった。

菊池寛は大正十二年、雑誌「文芸春秋」を創刊した。それはプロレタリア文学に脅威を感じ、それを反撃することも一つの理由であった。菊池寛は敢然として、プロレタリア派と論戦を戦わしているが、龍之介はプロレタリア文学への態度の明示を避けているのである。彼の生活の大部分を占めるものは芸術であった。彼はなによりも芸術至上主義に生きる作家であった。といっても、しだいに勢力を増してくるプロレタリア文学や、緊迫してくる社会情勢、さらにはプロレタリア派から放たれる攻撃に対して無関心でいることもできず、彼もより深く社会問題や人生問題に関心を持たない訳にはいかなくなっていった。なお「文芸春秋」の創刊号から、彼は『侏儒《しゅじゅ》の言葉』を掲載し、大正十四年の十一月まで連載した。

大正十二年五月、第六創作集『春服』が出版された。この創作集は第五創作集『夜来の花』（大正十年三月）以後の作品十五編を収めたもので、だいたい十年と十一年の二年間の作品集といえる。これまでの他の創作集がほぼ一年間に発表した作品を集めたものだったのに、この『春服』は二年間のわりには数少ないのが目だつ。それはいうまでもなく、中国旅行や、その後の彼の不健康が原因しているのである。この創作集には、日本最初のグラン・プリ映画『羅生門』の原作として、戦後にわかに広く読まれるようになった『藪の中』が収められてある。『藪の中』は『トロッコ』（十一年三月「大観」）、『お富の貞操』（十一年五、九月「改造」）とともに、この集の佳作である。『春服』所収の短編十五編のうち、王朝物四、切支丹物三、開化期物二、古代に材を取ったもの一、中国の怪異小説によるもの一、童話一、現代生活を描いたもの三。依然として歴史物が圧倒的に多い。が、この『春服』以後は、王朝物、切支丹物、開化期物といった歴史物は、ほとんど彼の発表作品から姿を消してしまっている。歴史小説家としての龍之介の役割は『春服』をもって終わったといってよかろう。

『春服』の中の歴史小説は初期の歴史小説には見られない濃い疲労の色が認められるが、なおこの期にあっても、彼の名声は文壇の絶頂にあった。しかし、プロレタリア文学の興隆という新しい文学の動きに無関心ではいられず、従来の境地から踏み出すことを強《し》いられない訳にはいかなかった。同じ五月に彼は『保吉の手帳から』を「改造」に発表した。これは機関学校時代に材をとった、「保吉物」と呼ばれる一連の作品の最初の作品である。この『保吉の手帳から』は、歴史物の世界に安住することのできなくなった龍之介が、自己の体験を直接作品化する傾向を示した作品で、『秋』によって見られた彼の作風の変化が、はっきり形をもってここに現われたのである。

大正十二年六月、日本共産党は大検挙を受けた。同七月には有島武郎が波多野秋子と情死した。九月には関東大震災があった。幸い、彼の家はさしたる被害を受けなかった。が、親戚の家や小島政二郎の家が焼けたので、彼の家はそれらの人々の宿となった。大震災のあとも、龍之介は「保吉物」に新しい領域を開拓しつづけようと、『お時儀』(十二年十月「女性」)、『あばばばば』(同十二月「中央公論」)を発表し、翌年『寒さ』(十三年四月「改造」)、『文章』(同四月「女性」)、『少年』(同四、五月「中央公論」)、『十円札』(同九月「改造」)と多くの短編を掲載した。しかし、これら一連の「保吉物」は、作者の気どりや不自然なポーズが目だち、好評ではなかった。自己を主人公とした以上の諸作にくらべ、この年の「新潮」新年号に発表した『一塊の土』は、彼には珍らしい農民物だが、現代小説としては、はるかにすぐれた作品である。同じ新年号には『三右衛門の罪』(「改造」)、『糸女覚え書』(「中央公論」)をも発表し、人気作家の地位を保った。

この年(大正十三年)の七月、彼の第七創作集『黄雀風《こうじやくふう》』が出版された。『春服』(大正十二年五月刊行)以後の作十六編を収めている。内容は切支丹物一編と、他に歴史物二編を除くと、十三編ことごとく現代小説で、この時期における彼の創作態度に大きな変化のあったことを知り得るのである。現代物のほとんどは「保吉物」と呼ばれる機関学校当時の生活を小説化したものである。集中の佳作は『一塊の土』と『糸女覚え書』である。が、全体を通して、健康と創作力の衰えは隠しきれず、作品の質は目だって低下してきている。作家生活九年、彼自身も疲労を覚え、文壇のあちこちから龍之介の行き詰まりをいう批評が聞こえてきた。彼よりやや遅れて文壇に登場した菊池や久米は、すでに通俗小説に転向していた。龍之介にはそれはできなかった。ジャーナリズムは一向に休息を与えてくれなかった。彼は休息を欲した。芸術上の行き詰まりを彼は感じていた。芸術上の行き詰まりは彼の場合、死を意味していた。

相聞の詩

龍之介は『黄雀風』出版の前々月、故郷金沢にいる室生犀星を訪ね、帰途、大阪に住む直木三十五と京都山科の志賀直哉を訪問した。『黄雀風』出版の七月下旬、龍之介は避暑と仕事を兼ねて軽井沢に出かけた。八月三日には彼の誘いに応じて犀星も軽井沢にきたし、山本有三、谷崎潤一郎、堀辰雄、片山広子（松村みね子）らも滞在していた。片山広子はアイルランド文学研究家として、また歌人として知られている女性であった。彼の名声が高まるとともに多くの女性が周囲に集まったことは前にも触れたが、この軽井沢で龍之介は彼としてはおそらく最後の恋を経験した。その恋の経緯を描いた作品は彼にない。それは交渉ある女性や恋人に対するなまの感情を、作品に盛りこみ、読者の前にさらすことは、彼の性格としてはできなかったからである。しかし、彼の最後の恋は旋頭歌《せどうか》『越し人』や、詩『相聞』、『或阿呆の一生』によって、わずかながらうかがい知ることができる。

「彼は彼と才力の上にも格闘出来る女に遭遇した。が、『越し人《こしびと》』等の抒情詩を作り、僅かにこの危機を脱出した。それは何か木の幹に凍つた、かがやかしい雪を落すやうに切ない心もちのするものだつた。

風に舞ひたるすげ笠の
何かは道に落ちざらん
わが名はいかで惜しむべき
惜しむは君が名のみとよ」

（『或阿呆の一生』の「越し人」から）

彼の最後の恋は精神的なものに終わったが、真剣で、せつない恋だったのではなかろうか。妻と二人の子供を持つ、慎み深い常識人の龍之介に、激しい情念のおもむくままの恋愛は不可能であったに違いない。大正十四年四月には「誰にも見せぬよう願上候」と断わって、犀星あての手紙に書き送った次のような相聞の詩もある。

「歎きはよしやつきずとも
君につたへむすべもがな。
越のやまかぜふき晴るる
あまつそらには雲もなし。

また立ちかへる水無月の
歎きをたれにかたるべき
沙羅のみづ枝に花さけば、
かなしき人の目ぞ見ゆる。」

ところで、龍之介は軽井沢に一か月滞在したが、創作上の仕事はほとんどせず、九月に『十円札』を発表した以外は、「近代英文学叢書」の編集に関係したり、社会主義の書物をかなり多く読んだりしただけで、十月、十一月、十二月の三か月は一編の小説も発表していない。

軽井沢から東京に帰った龍之介は、その年（大正十三年）の晩秋、田端の家の増築を行ない、新しい書斎をかまえて、気分一新のうえ、筆力の衰えを回復しようとした。が、年の暮れ、伯父を失い、義弟（妻の弟）が喀血《かっけつ》し、虚弱な龍之介はそういうことからも、神経をますます痛めつけられ、健康はいよいよすぐれないものになっていった。そして、それらは彼の厭世的な傾向をいっそう強めることにもなった。こうして、倦怠と憂鬱な気分の中で、衰弱していく健康の中で、あの自虐的な『大導寺信輔の半生』をつづりはじめるのであった。

死へ飛ぶ病雁

「彼はペンを執る手も震《ふる》へ出した。のみならず涎《よだれ》さへ流れ出した。彼の頭は〇・八のヴェロナアルを用ひて覚めた後の外は一度もはつきりしたことはなかつた。しかもはつきりしてゐるのはやつと半時間か一時間だつた。彼は唯薄暗い中にその日暮らしの生活をしてゐた。言はば刃《は》のこぼれてしまつた、細い剣《つるぎ》を杖にしながら。」

（『或阿呆の一生』の「敗北」から）

休息を求めて　大正十四年（一九二五）、三十三歳の正月、芥川龍之介は『大導寺信輔の半生』を「中央公論」に発表した。これは、自分自身をはじめて正視し、自分自身を主人公とした意味で、彼の創作活動の行き詰まりを打開する新しい方向を開いた作品である。多分に自虐的、誇張的要素を持っているが、彼の作中最も自伝的要素の多い作品である。

彼の作家としての生涯を前期、中期、後期と分ける時、この『大導寺信輔の半生』をもって、後期あるいは晩年が始まるとするのが適切である。

健康と創作力の衰えに悩む龍之介は、三月には「泉鏡花全集」の編集に関係したが、四月上旬には身辺に起こる雑事からのがれ、修善寺に身を休め、五月はじめまで滞在した。七月には三男也寸志が生まれた。親友恒藤恭の「恭」にちなんで命名された。八月下旬から前年にひきつづき軽井沢に出かけ、九月上旬まで静養のため滞在した。九月には『海のほとり』を「中央公論」に、『尼提《にだい》』を「文芸春秋」に、『死後』を「改造」に発表した。どれも発表舞台は一流雑誌だが、作品はやはり彼の創作力の衰えを示す以外のなにものでもなかった。大正十二年の秋に興文社から依頼されて続けていた「近代日本文芸読本」の編集が、十月にやっと終わった。この「文芸読本」は編集の途中でも、刊行した後になってからも、色々な面で彼にかなりの苦痛を与えた。十一月には、紀行集『支那游記』を刊行。この頃から俳句のほかに詩作もはじめるようになった。健康はますます悪化の一途をたどった。その年も暮れ、翌大正十五年一月には『湖南の扇』を「中央公論」に、『年末の一日』を「新潮」に発表した。『湖南の扇』はとにかく、『年末の一日』は小品ながら佳作で、当時の龍之介の内部をよく反映していて、心打つものがある。

この二作を発表した大正十五年の正月以後、龍之介はほとんど筆を絶って、湯河原に静養に出かけた。彼の健康はこの年に入り、ますますひどく衰弱した。胃腸や痔疾がひどい上に、神経衰弱がはなはだしく、ことに彼の神経を悩ましたのは、頼りにしていた義弟の喀血、彼が仲人した縁談の破綻《はたん》、前述した文芸読本の件、さらには義兄の偽証罪による取り調べなどであった。四月になると、彼は湯河原から、鵠沼へ転地して療養につとめたが、催眠薬の量はふえるばかりで、その上、東京在住のころと変わらないくらいの訪問客があり、神経衰弱の回復は望めなかった。回復どころか、胃腸の衰弱や痔疾はますます進行し、神経衰弱は日に日に彼を苦しめていくのだった。妻の文子夫人は彼の死後、そのころの夫の病状を次のように語った。

「神経衰弱特有の脅迫観念と申しませうか、それにひどく悩まされてゐました。室の中央に寝て居りましても、室の四角《よすみ》が倒れて来るやうな気持になるらしいんですの。或時など、私が一寸余儀ない用事で出かけて帰つて参りますと、わな〳〵慄へてゐました。こんな風でしたから、悪い最中には少しも傍を離れられませんでした。」（「芥川氏未亡人を訪ふの記」昭和二年十月、「婦女界」）

鵠沼海岸の東家旅館の離れ

また、『鵠沼雑記』（遺稿）には「僕は風向きに従つて一様に曲つた松の中に白い洋館のあるのを見つけた。すると洋館も歪んでゐた。僕は僕の目のせゐだと思つた。しかし何度見直しても、やはり洋館は歪んでゐた。これは無気味でならなかつた」と記されている。

　このような状態の中で、秋十月、龍之介は「改造」に『点鬼簿』を発表した。小説というより随筆に近く、死に隣りしている人間が、死んだ実父、実母、実姉のことをしみじみと語っている暗い作品であり、鬼気の迫るものがある。彼は死の近いのを感じながらこの作品の筆を進めたに違いない。『点鬼簿』を読んだ広津和郎は「あれを読んでいると死ぬと思った」と語ったが、たしかに死の予感を感じさせる作品である。

十二月に入って『玄鶴山房《げんかくさんぼう》』の執筆にかかり、翌昭和二年、三十五歳の正月から二月にかけて「中央公論」に分載した。これは彼の最後の力作となった。

昭和二年の一月、龍之介は約一年間の鵠沼での生活をきりあげ、東京田端の自宅に帰った。

死の準備

鵠沼での妻と二人だけの生活に、二度目の結婚をしたような歓《よろこ》びの気分を味わった龍之介を迎えたのは、ヒステリイの老人たちとのわずらわしい田端の家の生活であった。そしてまた偽証罪で執行猶予《しっこうゆうよ》中の彼の義兄（実姉の夫）西川豊の家が全焼するという事件も待ち受けていた。しかも、焼ける前に莫大な保険金がかけてあったため、放火の嫌疑をかけられた義兄は、借金を残して鉄道自殺をしてしまった。龍之介は新年早々から、そのあと始末に奔走するとともに、未亡人となった姉久子と子供二人の面倒をみなければならなかった。その上、義兄の残した借金の返済もしなければならない彼は、全く打ちのめされ、その神経衰弱はいよいよつのっていくばかりだった。

龍之介が自殺を決意するに至ったのは、いつごろからであったろうか。

「彼はひとり寝てゐるのを幸ひ、窓格子に帯をかけて縊死《いし》しようとした。が帯に頸を入れて見ると、俄かに死を恐れ出した。それは何も死ぬ刹那《せつな》の苦しみの為に恐れたのではなかつた。彼は二度目には懐中時計を持ち、試みに縊死を計ることにした。するとちよつと苦しかつた後、何も彼もぼんやりなりはじめた。そこを一度通り越しさへすれば、死にはひつてしまふのに違ひなかつた。彼は時計を検べ、彼の苦しみを感じたのは一分二十何秒かだつたのを発見した。窓格子の外はまつ暗だつた。しかしその暗の中に荒あらしい鶏の声もしてゐた。」

（『或阿呆の一生』の「死」から）

右の文章にあるごとく、龍之介は縊死を企てたことがあったのだろうか。『玄鶴山房』の主人公玄鶴が縊死しようと計ったように。『或旧友へ送る手記』（遺稿）には「僕はこの二年ばかりの間は死ぬことばかり考へつづけた」と記されているし、親友小穴隆一の『二つの絵』には、大正十五年の夏に龍之介は小穴隆一に遺書を渡したと書かれている。何時《いつ》死ぬという決心ははっきりしていなかったにせよ、鵠沼滞在中『点鬼簿』『鵠沼雑記』（遺稿）を書いたとき、すでに自殺への決意を固めており、真剣に死の準備にかかっていたと考えられる。死を決意させた直接の理由は彼の病苦であり、狂気の遺伝に対する恐れであろう。かつまた、最も彼を苦しめたのは創作力の衰えであったことはいうまでもない。彼は、もはや長い将来を期待せずに、散りぎわをいさぎよくするという心構えからであろうか、昭和二年の死の年に入ってからは、病をおして死にものぐるいで、創作に身心を打ち込むようになった。それは、消えようとする火が最後にもう一度勢いよく燃えあがったようであった。

死の年の昭和二年一月、前記の『玄鶴山房』を発表した龍之介は、三月には『蜃気楼』を「婦人公論」に、『河童《かっぱ》』を「改造」に掲載した。『蜃気楼』は作者の無気味な神経状態を反映した、すぐれたものである。『河童』は、かねてから彼が愛好し、たびたび絵にも描いていた河童の世界に、彼自身の世界を二重写しにした作品である。作中で、遺伝、家族制度、恋愛、芸術、刑罰など、彼自身にとって切実な問題を論じ、作者自身の自殺への意志を暗示するかのように、河童詩人トックの自殺事件を描いているのである。『河童』は一見ユーモラスな筆致ながら、死の影の色濃い、深刻な境地のにじんだ作品で、彼の全生涯がその背景となっているのである。

四月に入ると龍之介は「改造」に『文芸的な、余りに文芸的な』を連載した。「新潮」三月号で、龍之介が筋の面白さが芸術的価値があるかどうか疑問だ、と谷崎潤一郎の作品を評したのに対して、谷崎潤一郎が、筋の面白さは、言い替えれば、物の組み立て方、構造の面白さ、建築的な美しさである。これに芸術的価値がないとはいえない。筋の面白さを除外するのは小説という形式がもつ特権を捨ててしまうことだ、と反論した。その反論の反論として、「谷崎潤一郎君に答ふ」という副題をつけて連載されたのがこの『文芸的な、余りに文芸的な』である。四月から連続して「改造」に掲載し、彼の評論あるいは随筆の最長編となった。その詳しい内容をここで述べることは省略するが、前期、中期とちがって、痛切な自己告白を主として いた晩年の彼にとっては、「筋の面白さ」などということは、本質的な問題ではなくなっていたのである。

ところで、龍之介と谷崎の論争は『文芸的な、余りに文芸的な』のごく一部分で、大部分は、古今東西の作家、絵画、芸術を論じ、その博識を示したものである。

このころには、遺稿『歯車』が執筆されていた。しかしこれは筐底《きょうてい》に秘めて、生前に発表されず、死後の昭和二年の十月、「文芸春秋」に掲載された。死の四か月ほど前にあたる三月から四月のはじめにかけて書かれたと推定される遺稿『歯車』は、最初『夜』という題であったが、佐藤春夫のすすめで『歯車』に改題したという。この作品を龍之介の代表作に推す人が多い。『歯車』は晩年の多くの作品と同じく、筋のない小説というべきで、神経衰弱に悩む彼の心理状態が『蜃気楼』などより、いっそう無気味に反映している作品であり、一行、一行に激しい脅迫観念と神経の戦慄が流れ出ている。

五月には追想的な随筆『本所両国』を「東京日日新聞」に載せ、『たね子の憂鬱』を「新潮」に発表し、十三日より、改造社の講演旅行のため、東北、北海道に旅した。このころ、二つの新しい事件が彼の上に起こった。菊池寛が企画し、龍之介もそれに名を連ねていた、文芸春秋の『小学生全集』の刊行が、北原白秋らのアルス社の同種企画との間に先後争いが生じたのが、その一つである。どちらの雑誌社にも縁のある彼は、間にはさまってかなり苦しんだらしい。もう一つは、五月の末、友人宇野浩二が発狂状態に陥いったことである。幼時、実母が発狂し、狂人のまま死んだその母の遺伝を恐れていた龍之介にとって、宇野浩二の発狂は大きな打撃であったことはいうまでもない。『或阿呆の一生』で「彼の前にあるものは唯発狂か自殺かだけだつた。彼は日の暮の往来をたつた一人歩きながら、徐ろに彼を滅しに来る運命を待つことに決心し

龍之介最後の写真（昭和2年6月）

た」と書いているが、宇野の発狂は龍之介の自殺をいっそう急がせたと考えてよかろう。彼は暗い、絶望的な状態で、あえぎあえぎ、生をつづけていたのであった。滅びる生をじりじりと待ちうけながら。彼の生前発表した最後の短編『三つの窓』（七月、「改造」）に、このころの心境をはっきりと、うかがい知ることができる。

龍之介の絶筆ともいうべき作品は『西方の人』及び『続西方の人』である。前者は八月号の「改造」に載ったが、七月十日の日付があり、後者は七月二十三日、すなわち彼の死の前日の日付を持っている。これは神の子キリストの伝記をつづった宗教的評論である。しかし、彼が最後の情熱を注いでつづったキリストの像は、宗教的であるより、むしろ文学的にすぎ、神の悲劇は人間の悲劇におきかえられている。彼はキリストを語ることによって彼自身を語ろうとしたのであった。

晩年の龍之介は宗教に深い関心を持つようになったが、

その関心も彼の自殺を引き止めることはできなかった。彼とキリスト教との接触は、かなり前から、熱心なクリスチャンである友人、室賀文武という人によってなされていた。もちろん、教会には高校時代出席したこともあったし、聖書はひさしい以前から愛読はしていた。いまここで、彼のキリスト教観について述べるいとまはない。ただ、その内容はともかくとして、彼が死の直前まで、救い主キリストの像を書きつづけたということ、いや、書き終わるまで死を決行しなかったということは、彼とキリスト教について考えるとき、死の枕頭《ちんとう》に聖書が置いてあったことと思い合わせ、なにか暗示的なものを感じさせるのである。

『或阿呆の一生』は『歯車』と同じく、彼の死後「改造」（昭和二年十月）、に発表された作品である。六月二十日という執筆の日付をもつこの作品は彼の自叙伝の意味を持っている。自分の生涯を象徴的に語っているこの作品は、久米正雄に託したもので、久米正雄にあてた文中には、次のように記されている。

「僕は今最も不幸な幸福の中に暮してゐる。しかし不思議にも後悔してゐない。唯僕の如き悪夫、悪子、悪親を持つたものたちを如何にも気の毒に感じてゐる。ではさやうなら。僕はこの原稿の中では少くとも意識的には自己弁護をしなかつたつもりだ。

最後に僕のこの原稿を特に君に托《たく》するのは君の恐らくは誰よりも僕を知つてゐると思ふからだ。」

この『或阿呆の一生』は、すでに多くの引用をしてきたが、ここではその最後の章をひいておこう。

「彼はペンを執る手も震へ出した。のみならず涎《よだれ》さへ流れ出した。彼の頭は〇・八のヴエロナアルを用ひて覚めた後の外は一度もはつきりしたことはなかつた。しかもはつきりしてゐるのはやつと半時間か一時間だつた。彼は唯薄暗い中にその日暮らしの生活をしてゐた。言はば刃のこぼれてしまつた、細い剣を杖にしながら。」

（『或阿呆の一生』の「敗北」から）

死とその前後

龍之介の知人への告別は、早くから始まっている。昭和二年の一月下旬のある夕方には、佐藤春夫を訪ね、翌朝の三時ごろまで、いろいろ身辺の話をして帰ったが、そのおり彼は佐藤に一冊の書物を贈っている。二月には谷崎潤一郎に『即興詩人』やメリメの『コロンバ』などの書物を贈っている。四月五日には久保田万太郎の家を、ウイスキーをさげて訪問し、四月十六日には菊池寛あてに遺書を書いた。六月十五日は佐々木茂索を訪ね、さらにこの月には遺稿『或阿呆の一生』を久米正雄に託すべく書きあげてもいる。これらはすべて彼の死の準備行為と考えられる。なお、六月には彼の生前最後の創作集『湖南の扇』が刊行された。

七月に入ると、室賀文武とキリスト教について語り合ったり、文子夫人と観劇に行ったりもした。また、改造社の関西九州地方で催す民衆夏季大学の講師を依頼されていた龍之介は、改造社あてに「ユク』アクタガハ」の電報を打った。「ああ、うるさいから電報で返事をしておいた。どうせ西の方だ、それまでに、おれはもうあの世にいつているから、だから僕はただ、ユク、としておいたのだ、ユクとだけで場所は書かなかつたよ」と電報を打った後で、小穴隆一に語ったという。

二十一日、龍之介は宇野浩二の留守宅を見舞い、帰途小穴隆一のアパートを訪ねた。

龍之介の自殺した書斎（田端当時）

二十二日、昭和二年の最高温度という猛暑の日であった。午後主治医下島勲が養父の診察後、龍之介も診察した。肉体が一般に衰弱しており、睡眠薬飲み過ぎの徴候が目だった。この日は小穴隆一もやってきたが、龍之介は小穴に「こどもを頼むよ」と彼の肩を押えて言ったという。

二十三日は彼は一日中書斎に閉じこもっていた。そして『続西方の人』を書きあげたのである。夜十一時ごろ、伯母の枕もとにきて、「煙草を取りに来た」と言ったという。

二十四日、午前一時過ぎに龍之介は再び伯母の枕もとへ来て「伯母さんこれを明日の朝下島さんに渡して下さい、先生が来た時僕がまだ寝ているかもしれないが、寝ていたら、僕を起さずにおいて、そのまままだ寝ているからと言つて渡しておいて下さい」といって、短冊を渡した。それには、自嘲と前書して、「水洟《みずばな》や鼻の先だけ暮れのこる」の句が記してあった。遺書をのぞけば、これが絶筆となったわけである。

午前二時ごろから雨が降り出した。雨の音を聴《き》きながら、龍

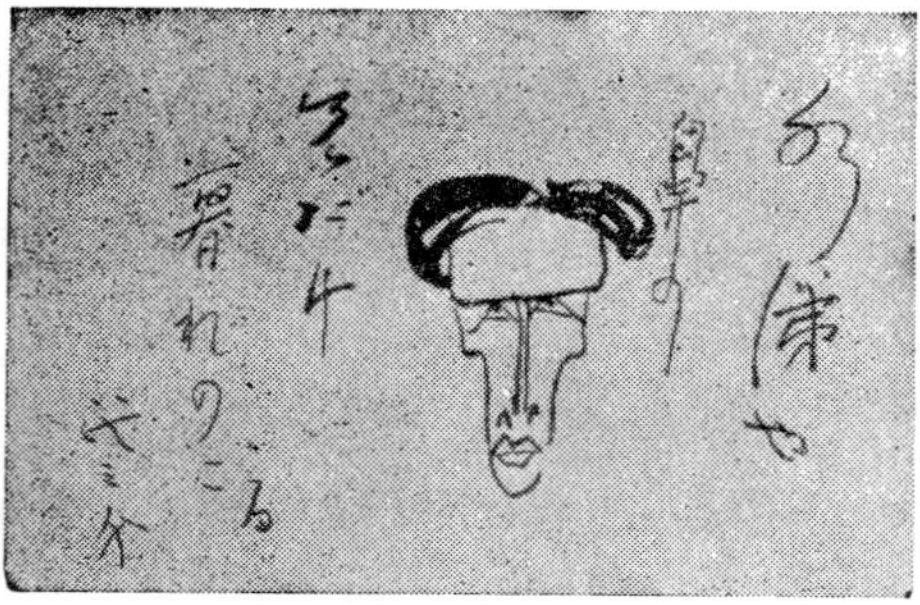
龍之介自筆の色紙

之介は、ヴェロナール及びジャールの致死量を飲みくだし床に入った。しばらく床の中で聖書を読んでいたが、やがて聖書を開いたまま、死への眠りについた。

芥川家の人々は、大分前から龍之介に死の決意のあること知っていたので、警戒は怠らなかった。午前六時ごろ、呼吸が切迫し、顔色が青く沈んで苦悶している龍之介に気づいた文子夫人は、驚いて声をかけたが返事がないので、早速下島医師を迎えに行った。つづいて小穴隆一の所に使いを走らせた。転ぶようにして龍之介の部屋に入った下島は、聴診器をあて、すばやくカンフル二筒を心臓部に注射した。しかし、もう全く絶望であった。近親やその他枕もとにかけつけた人々に、死の告知がなされたのは、午前七時を少し過ぎたころだった。枕もとには聖書があり、遺書は妻文子、小穴隆一、菊池寛、伯母あてなどで、そのほかに数通あった。そして『或旧友へ送る手記』をはじめとする多くの遺稿があった。小穴隆一は龍之介の最後の面影をうつすため、画架を縁近くに据えた。雨は音を立てて降り出した。「絵具をつけるの？　つけないの？」と聞きながら、長男の比呂志は画架のまわりをうろついていた。やがて電報が諸方に打たれ、急報によって、鎌倉から久米正雄や佐々木茂索が、軽井沢から室生犀星が駆けつけてきた。講演で水戸と宇都宮へ出かけていた菊池寛も駆けつ

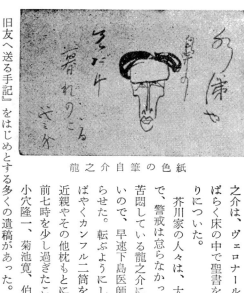

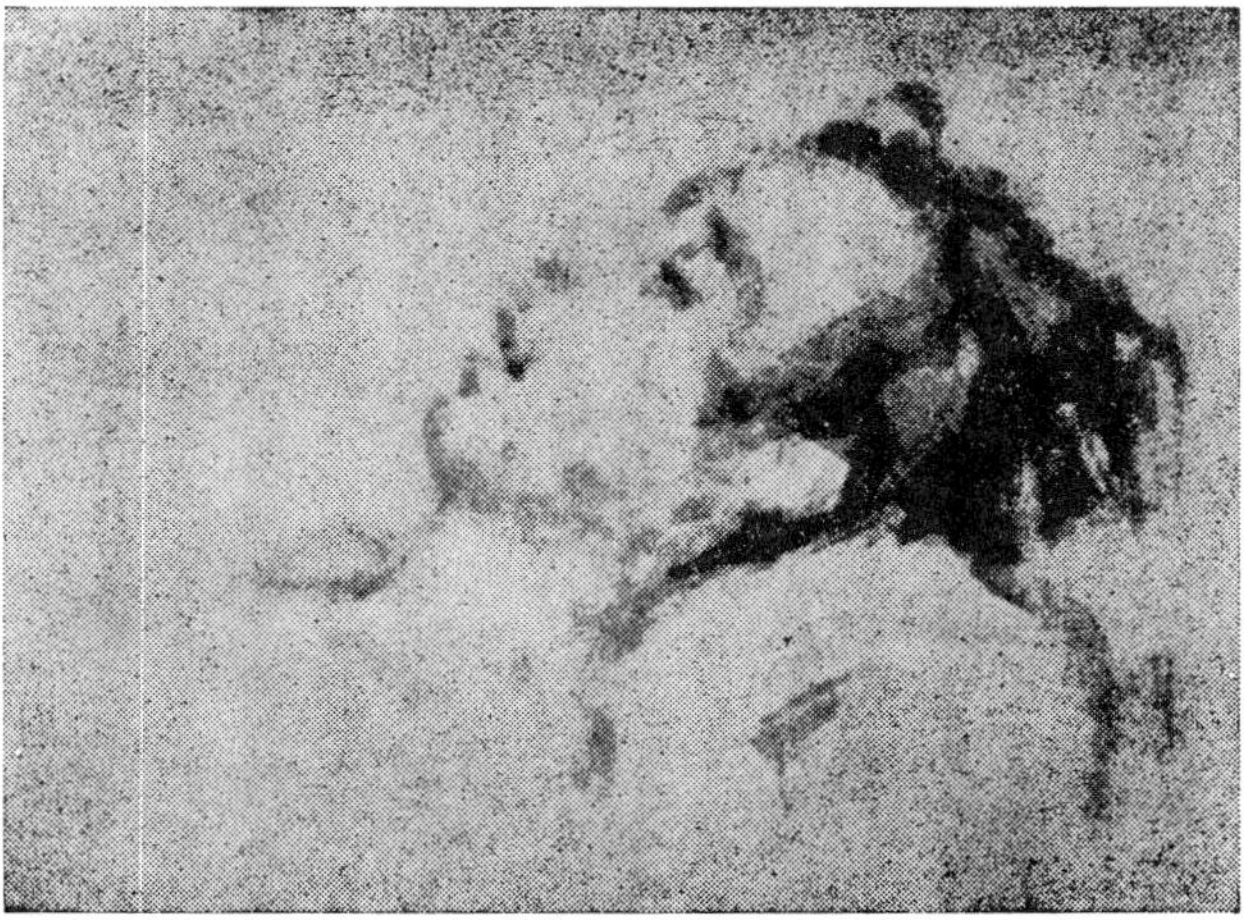

死の姿（小穴隆一画）

け、その他親戚知人がぞくぞくと芥川家に集まった。菊池寛は丸々と肥った手にハンケチを握ったまま、子供のように声を出して泣いた。新聞記者も次々と詰めかけ、遺書の一つ『或旧友へ送る手記』を久米正雄が新聞記者に発表した。

『或旧友へ送る手記』は、死を前にした人間の書いたとは思われないほどの落ち着きをもった文章である。透明な、しかも整然とした筆致で彼はまず自殺の動機を「ぼんやりした不安」であると記している。ぼんやりした不安、それは、狂人になるかも知れないという不安や、芸術上の不安、生活上の不安、対女性的な不安を含んでいるに違いなかった。つづいて、彼は二年ばかり死ぬことばかり考えつづけたと書き、美的見地から自殺の手段に薬品を選んだと記していた。「僕は冷やかにこの準備を終り、今や唯死と遊んでゐる」とも書いていた。

葬儀は、三日後の七月二十七日午後三時から、谷中斎場で行なわれた。龍之介が死の床についた二十四日の未明から降り始めた雨も上がり、三日ぶりの晴天で、暑い夏の日だった。会葬者は文壇人をはじめとして、七百数十名を数えた。

先輩を代表して泉鏡花、文芸家協会代表として里見弴、後輩代表として小島政二郎が弔詞を読んだ。菊池寛は友人代表として鏡花のつぎに弔詞を読んだが、それは哀切の情がみちあふれた文であった。

「芥川龍之介君よ
君が自ら選《えら》み自ら決したる死について我等何をかいはんや。たゞ我等は君が死面に平和なる微光の漂へるを見て甚だ安心したり。友よ、安らかに眠れ！　君が夫人賢なればよく遺児を養ふに堪ゆべく、我等また微力を致して君が眠りのいやが上に安らかならんことに努むべし、たゞ悲しきは君去りて我等が身辺とみに蕭条《しょうじょう》たるを如何せん。」

菊池寛は、この弔詞を一句読んで咽《むせ》び、一句読んでは泣き、ついに声をあげて号泣しつつ、ようやく読み終わった。

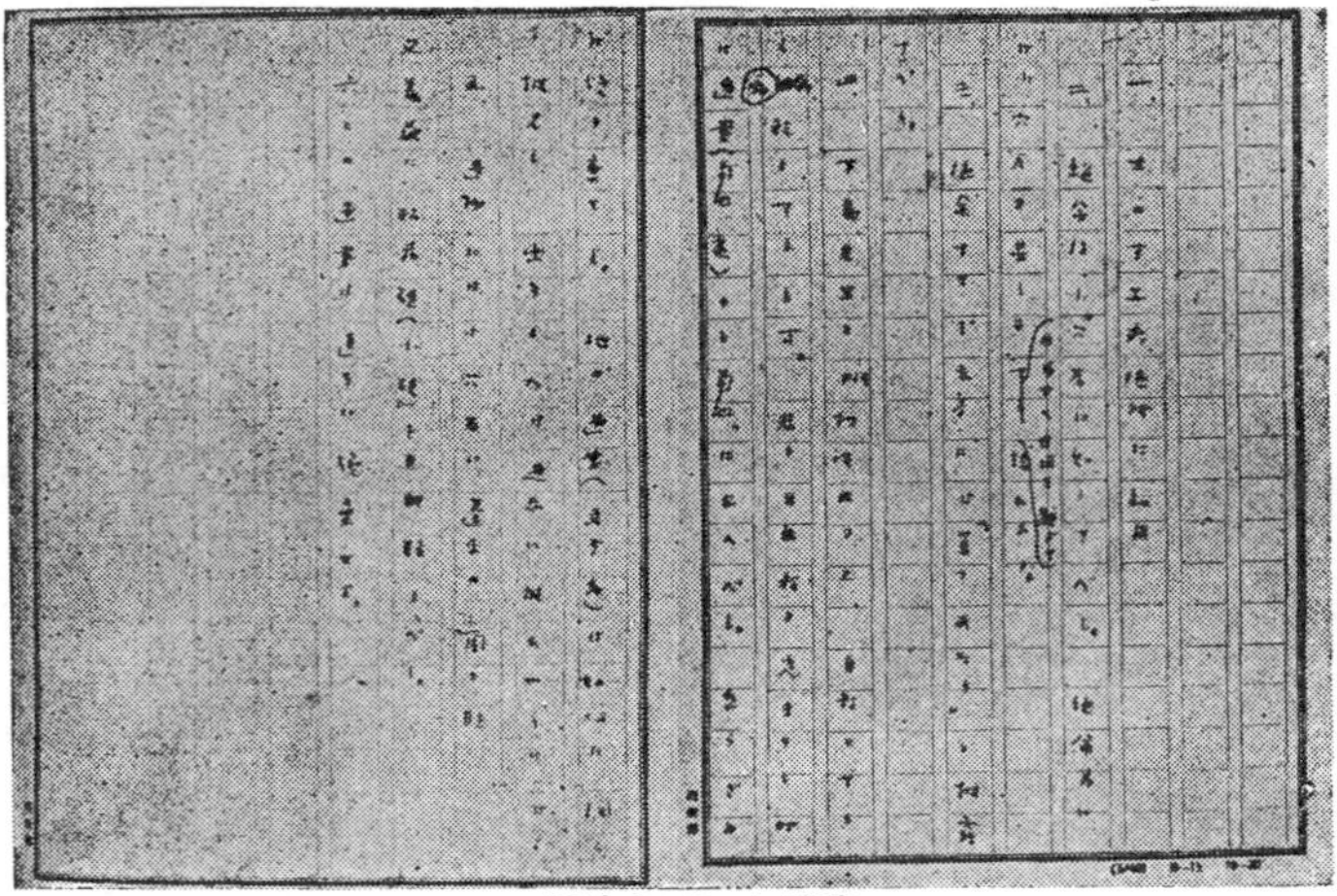

懐中していた遺書

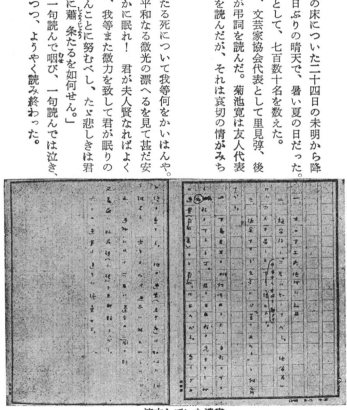

斎場には啜《すす》り泣く声が満ちた。文子夫人はハンケチに泣き伏した。友人久米正雄は両頬に流れる涙をぬぐおうともせず彫像の如くつっ立っていた。

遺骨は豊島区染井の慈眼寺の墓地に葬られた。碑面の「芥川龍之介墓」の文字は小穴隆一の筆である。

龍之介の墓（東京染井滋眼寺内）

龍之介の死は文壇人のみならず、一般社会に大きな話題を提供した。その死に対して、さまざまな言葉が語られた。ここでは、晩年の力作、『大導寺信輔の半生』や『玄鶴山房』『河童』などのほか、計十一編を収めた単行本『大導寺信輔の半生』（昭和五年一月刊行）の跋文中の、菊池寛の言葉だけにとどめよう。

「彼の死因は彼の肉体及精神を襲つた神経衰弱に半以上を帰せしめることが出来るだらうが、その残つた半分近きものは、彼が人生及び芸術に対して、あまりに良心的であり、あまりに神経過敏であつたためであるやうに思はれる。」

この菊池寛の言葉はすべてを言い尽くしてはいないにしても、きわめて適切な評といえよう。かくて、龍之介は芸術的栄光に囲まれたまま、その三十五年という短い生涯を閉じたのであった。

毎年七月二十四日の龍之介の命日には、文壇人の間で河童忌が行なわれる。菊池寛は、昭和十年芥川賞を設け、親友芥川龍之介の記念とした。その賞によって、多くの作家が文壇の脚光を浴びている。

以上、龍之介の短い生涯をたどったのであるが、最後に彼の晩年の友人であった、詩人萩原朔太郎の詩をかかげておこう。この詩は昭和二年九月号の「改造」に載せた「芥川龍之介の死」という追悼文の最後に記されたものである。

「見よ！　この崇高な山頂に、一つの新しい石碑が建つてる。いくつかの坂を越えて、遠い『時代の旅人』はそこを登るであらう。そして秋の落ちかかる日の光で、人々は石碑の文字を読むであらう。そこには何が書いてあるか？

見るものは黙し、うなづき、そして皆行き去るだらう。時は移り、風雪は空を飛んでる。ああ！　だれが文字の腐蝕を防ぎ得るか。山頂の空気は稀薄であり、鳥は樹木にかなしく鳴いてる。だが新しき季節は来り、氷は解けそめ、再び人々はその麓を通るだらう。その時、ああだれが山頂の墓碑を見るか。多数の認識の眼を越えて、白く、雲の如く、日に輝やいてゐる一つの義《ただ》しき存在を。」

第二編

作品と解説

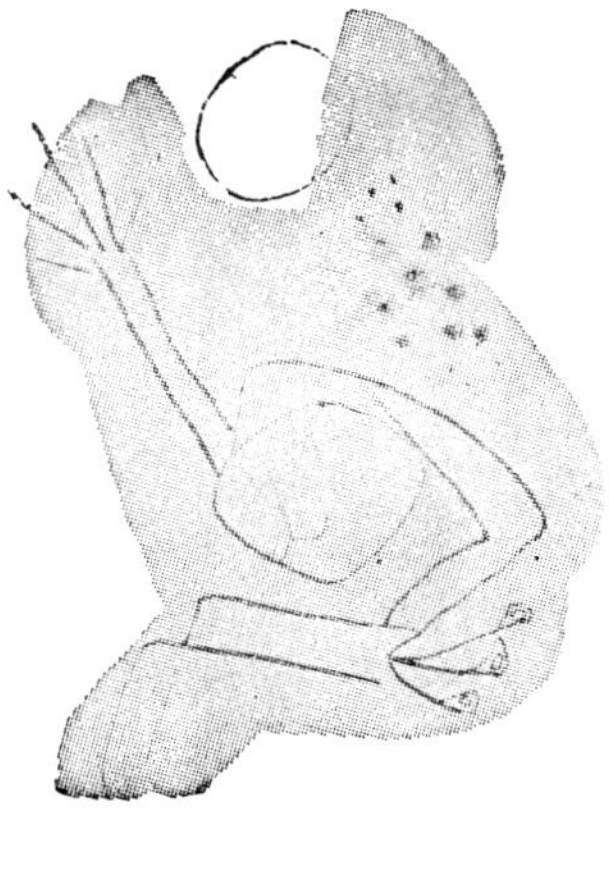

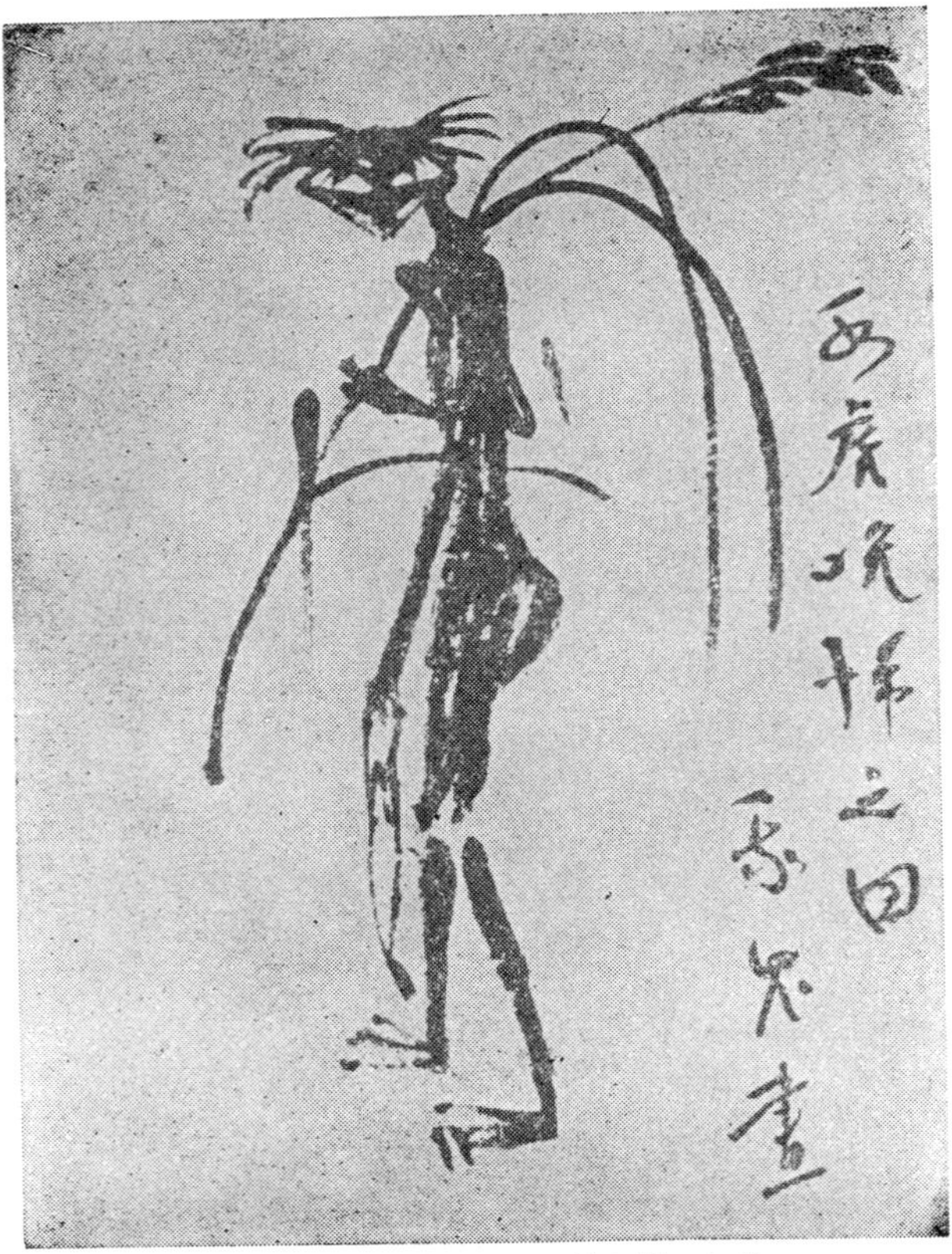

龍之介はしばしば河童の絵を描いたが，
これもその一つである。

羅生門

『羅生門』は大正四年十一月、「帝国文学」に発表された。作者は二十三歳、大学三年のときである。

「帝国文学」は明治二十八年、東大文科の学生や卒業生によって創刊された雑誌である。作者は第三次「新思潮」にその処女小説『老年』（大正三年五月）を書き、つづいて、『青年と死』（同九月）、『ひよっとこ』（大正四年四月）を発表しているが、大正四年七月には『仙人』（大正五年八月に第四次「新思潮」に発表）を書きあげているので、この『羅生門』は成立順序では第五作目、発表順からいえば第四作目にあたる作品である。

第一創作集『羅生門』
（大正５年５月）

創作の動機

『羅生門』はその材料を、作者の最も愛読したといわれる古典『今昔物語』の巻二十九、第十八の「羅城門《らしようもん》にて上層《うわこし》にのぼり死人をみる盗人の物語」（原題は漢文）と、巻三十一、第三十一の「太刀帯《たちはき》の陣に魚を売る媼《おうな》の物語」(同)から得ている。
この小説を執筆する前に、作者は失恋を経験し、人間の持つエゴイズムの醜さを深く自覚するようになったということと、「悪くこだわつた恋愛問題の影響からのがれるために、現状と懸け離れた、なる可く愉快な小説を書こうとして書いたのが、『羅生門』と『鼻』であつた」(「あの頃の自分の事」)と、作者が当時を回想しているということは生涯編でも触れた。これらのことから、『羅生門』の書かれた動機に失恋事件が存在していたことは、容易に理解されるのである。が、単にその創作動機を失恋事件にだけ限るのは早計であろう。というのは、作者の愛読した怪異談の集大成『今昔物語』の怪異な古典の世界と作者の怪奇趣味や厭世《えんせい》主義的傾向の結びつきをも、合わせて考える必要があるからである。

下人と死人の髪を抜く老婆の話

『今昔物語』の「羅城門《らしょうもん》にて上層《うわこし》にのぼり死人をみる盗人の物語」の書き出しはこうである。

「今は昔、摂津の国辺より、盗《と》せんために京に上りける男の、日の未だ暮れざりければ、羅城門の下にたちかくれて………」

この四百字詰原稿用紙で三行にもみたない部分を、「或日の暮方の事である。一人の下人《げにん》が、羅生門の下で雨やみを待つてゐた。広い門の下には、この男の外に誰もゐない。」にはじまる芥川の『羅生門』では原稿用紙で百行ほどの分量にふやされている。冒頭からして作者の想像力と描写力の豊かさをうかがい知ることができるのだが、以下この作品の梗概を追ってみよう。
下人（身分の卑しい者）が雨宿りをしている羅生門はそのころ京都につづいて起こった地震や火事や饑饉《ききん》のため、すっかり荒れ果ててしまい、狐狸《こり》や盗人がすみ、とうとうしまいには、引き取り手のない死人をこの門の楼《ろう》へ棄てて行くという習慣さえできた。そして、その死人の肉をついばみに、鴉《からす》が何羽となく羅生門に群がるようになった。このような気味の悪い羅生門の下で雨の止むのを待つ下人を作者は、次のように描写している。

「作者はさつき、『下人が雨やみを待つてゐた』と書いた。しかし、下人は雨がやんでも、格別どうしようと云ふ当てはない。ふだんなら、勿論、主人の家へ帰る可《べ》き筈《はず》である。所がその主人からは、四五日前に暇を出された。前にも書いたやうに、当時京都の町は一通りならず衰微してゐた。今この下人が、永年使はれてゐた主人から、暇を出されたのも、実はこの衰微の小さな余波に外ならない。」

失業してしまった下人は門の下で、これからどうして生きていこうかと考える。そして、餓死《うえじ》にするか盗人になるかの二つに一つであると結論するのだが、どちらをも積極的に肯定する勇気がないのであった。とりあえず、今夜は羅生門の上の楼で一夜を明かそうと考えた下人は、楼へ通ずる梯子《はしご》を登りはじめた。その途中で、死人ばかりだと思っていた楼の内から、火の光がもれ、誰やら生きた人間の気配《けはい》がするのに気づいた。下人は足音を盗み、息をこらして、はうように梯子を登りきると楼の内部を覗《のぞ》いてみた。楼の内には噂《うわさ》のとおり、いくつかの死体——裸の死体、着物を着た死体、男の死体、女の死体——が、ごろごろ床の上にころがっていた。下人はそれらの死体の腐爛《ふらん》した臭気に思わず鼻をおおったが、次の瞬間、鼻をおおうことを忘れてしまったほどのある強い感情が湧いてきたのであった。いくつかの死体の中にうずくまりながら、一つの女の死体を覗きこむように眺めている背の低い、やせた、白髪の、猿のような老婆に気づいたからだった。

「下人は、六分の恐怖と四分の好奇心とに動かされて、暫時《ざんじ》は呼吸《いき》をするのさへ忘れてゐた。旧記の記者の語を借りれば、『頭身《とうしん》の毛も太《ふと》る』やうに感じたのである。すると老婆は、松の木片《きぎれ》を、床板の間に挿《さ》して、それから、今まで眺めてゐた死骸の首に両手をかけると、丁度、猿の親が猿の子の虱《しらみ》をとるやうに、その長い髪の毛を一本づつ抜きはじめた。髪は手に従つて抜けるらしい。

その髪の毛が、一本づつ抜けるのに従つて、下人の心からは、恐怖が少しづつ消えて行つた。さうして、それと同時に、この老婆に対するはげしい憎悪が、少しづつ動いて来た。——いや、この老婆に対すると云つては、語弊《ごへい》があるかも知れない。寧《むしろ》、あらゆる悪に対する反感が、一分毎に強さを増して来たのである。この時、誰かがこの下人に、さつき門の下でこの男が考へてゐた、餓死《うえじに》をするか盗人になるかと云ふ問題を、改めて持出したら、恐らく下人は、何の未練もなく、餓死を選んだ事であらう。それほど、この男の悪を憎む心は、老婆の床に挿した松の木片のやうに、勢よく燃え上り出してゐたのである。」

先刻まで盗人でもなろうかと考えていたことも忘れて、下人は、悪を憎むあまりに、腰の太刀に手をかけながら老婆の前に躍り出た。下人の突然の出現は、老婆をいたく驚かし、老婆は死体につまずきながらあわてふためいて逃げようとする。が、たちまち下人にねじり倒されてしまった。下人は、「何をしていた。言わぬとこれだぞ」と言って、太刀を老婆の胸に突きつけた。老婆は鴉《からす》のなくような声で、あえぎあえぎ、「生きるために死人の髪を抜いて鬘《かずら》を作るのだ。今、髪を抜いた女も生前は生活のため、いつわつて蛇肉を売つた。わしとて髪を抜くことにより、かろうじて餓死にせずにすむのだ」と答えた。この答えを聞いた下人の心には、先刻まで欠けていた勇気が生まれてくるのであった。それはこの老婆を捕えた時の勇気とは、全然反対の方向に動こうとする勇気であった。餓死になどという考えは、全く下人の意識の外に追い出されてしまったのであった。

『きつと、さうか。』

老婆の話が完《おわ》ると、下人は嘲るやうな声で念を押した。さうして、一足前へ出ると、不意に右の手を面《にき》皰《び》から離して、老婆の襟上《えりがみ》をつかみながら、噛みつくやうにかう云つた。

『では、己《おれ》が引剝《ひはぎ》をしようと恨むまいな。己もさうしなければ、餓死をする体《からだ》なのだ。』

下人は、すばやく、老婆の着物を剝ぎとつた。それから足にしがみつかうとする老婆を、手荒く死骸の上へ蹴倒した。梯子の口までは、僅に五歩を数へるばかりである。下人は、剝ぎとつた桧皮色《ひはだいろ》の着物をわきにかかへて、またたく間に急な梯子を夜の底へかけ下りた。(中略)外には、唯、黒洞々《こくとうとう》たる夜があるばかりである。

下人の行方は、誰も知らない。」

以上が、原文をまじえての梗概である。『羅生門』の素材となった『今昔物語』の話は、きわめて単純素朴なものである。その筋は、単に盗賊となる決意をいだいて都に上った男が、羅生門の楼上に登ると、そこに死んだ女主人の髪を抜いている老婆がいた。そこで男は死んだ女の着衣とその老婆の着物と、抜きとられた髪とを奪って逃げ去った、というだけのことである。そのような単純素朴な原話を、作者は豊かな想像力と描写力で羅生門一帯の荒涼とした風景や下人の心理の推移を、そしてまた、楼上に散乱する死体の様子や髪を抜く老婆の姿をみごとに描き出したのであった。

エゴイズムの醜さ

この作品の構成は内容からみて、七つの部分に分けられよう。第一は、羅生門一帯の風景、時代的背景、主人公の下人が説明されている。今昔の主人公は盗賊の決意をいだいて都に上った男だが、芥川の主人公は、主人から暇を出され、生活の手段を失った男として登場する。この違いは、次に登場する老婆の意味を原話とは比較にならないほど強くしているとともに、この小説の主題を左右する重要な条件になっているのである。第二は、失業した下人の心理分析に中心が置かれている。生きるために盗人になるか、それとも餓死にするかの二者択一に思い悩む下人の心理である。下人は漠然《ばくぜん》とではあるが、前者を選ぶほかはないと気づいていたかも知れない。第三は、今夜のねぐらにしようと登った楼上の描写で、この小説の主要な人物、老婆がはじめて登場する。下人の心は恐怖と好奇心によって支配される。第四は、楼上で目撃した事件と、それに対する下人の心理状態である。老婆の行為を目撃したことにより、下人の心を支配するのはあらゆる悪への反感である。盗人になろうかなどという考えは全く影を隠し、太刀を突きつけて説明を強いるという正義感が下人の心を占める。第五は、老婆の説明を聞いた下人の心理の変化が中心である。生きるための手段であるという老婆の言葉は、下人を道徳無視への方向に歩ませるきっかけとなる。それまで盗人への決断をさまたげていたのは下人の持つ道徳的意識であった。しかし、いつわって蛇の肉を売った女の話を聞き、目前に死人の髪を抜く老婆を見るにおよんで、生きるためには何をしてもかまわないというエゴイズムが待ち構えていたかのように、あらわな形で下人の心に横たわったのである。第六は、そのようなエゴイズムに基づいての下人の行動と老婆の反応である。第七は、結末で、「下人の行方は、誰も知らない。」のただ一行で結ばれている。この最後の一行は、最初、「下人は、既に雨を冒《おか》して、京都の町へ強盗を働きに急ぎつつあつた。」と書かれたが、後、今のように改められたのである。

以上のような構成をみることによって、この小説の主題は容易に理解されるであろう。いうまでもなく、それは人間の持つエゴイズムの醜《みにく》さである。盗人になろうかと思っていたことも忘れて、老婆の醜い行為の前に激しい正義感を持つに至った下人ではあったが、生きるためにはしかたがないという老婆の言葉に、冷たいエゴイズムが首をもたげ、老婆の着物をはぎとってしまう下人の心理の推移を描きながら、生きるためのぎりぎりの線まで追いつめられた人間のあらわで、醜いエゴイズムの姿こそ、この作品の主題である。『羅生門』の主題をこのように考えるとき、失恋によって痛切に自覚した人間の醜悪なエゴイズムの姿を作者は歴史の衣裳をまとわせて、この作品の中に描き出したとみることもできよう。

芥川の歴史小説

『羅生門』は舞台を平安朝に仰いでいるので、いわゆる「王朝物」と呼ばれる作品系列に属するわけだが、この王朝物『羅生門』は、しばしば準処女作の名で呼ばれる。それは、作者の最初の本格的作品であるからだ。

芥川龍之介の初期、中期の作品の主流は歴史物によって占められているが、前にも述べたように、『羅生門』は彼の歴史物への方向を基礎づけ、その作品の世界をはっきり定めた点で、芥川文学の出発点をなすのである。そういう意味で芥川の歴史小説を語る場合、『羅生門』を無視することはできない。歴史の衣裳をまとった現代小説というのが、芥川の歴史小説の基本的な性格である。

『羅生門』の文章は流露感に乏しいきらいはあるが、いかにも作者らしい端正で磨きのかかった、簡潔な文章である。作者はこの作品を書くにあたって、描写に真実性を持たせるためひじょうな苦心をはらったといわれる。

「死体は皆親指に針金のついた札をぶら下げてゐた。その又札は名前だの年齢だのを記してゐた。彼の友だちは腰をかがめ、器用にメスを動かしながら、死体の顔の皮を剝《は》ぎはじめた。皮の下に広がつてゐるのは美しい黄いろの脂肪だつた。

彼はその死体を眺めてゐた。それは彼には或短編を、――王朝時代に背景を求めた或短編を仕上げる為に必要だつたに違ひなかつた。が、腐敗した杏《あんず》の匂に近い死体の臭気は不快だつた。（略）」

（『或阿呆の一生』の「死体」から）

右の引用文でいう短編は『羅生門』をさすのだろうか。もし、そうだとして、引用文も全面的に信用するならば、作者は羅生門上の死体についての数行の描写のために、わざわざ医科大学の解剖室にまで出かけて行ったことになる。しかし、現在、この『或阿呆の一生』の記述は虚構で、恒藤宛の書簡（大正三年三月十日付）に、一週間程前に「解剖見学」をしたと芥川が書き送っていることから、その時の体験が『羅生門』執筆の際に役立ったとする説が有力である。

いずれにしても、作者としてはきわめて苦心したすえ完成した作品で、作者自身は得意の作品であったらしい。それは、作者の第一創作集に『羅生門』の名を与えたことからもわかるのである。が、発表当時の世評はこの作品に冷淡であった。

鼻

『鼻』は芥川龍之介の出世作であるとともに代表作である。大正五年二月（作者二十四歳）、第四次「新思潮」の創刊号に発表されたこの作品は、『羅生門』と同じく『今昔物語』巻二十八、第二十の「池尾の禅珍内供《ぜんちんないぐ》の鼻の物語」及び『宇治拾遺物語』巻二、第七の「鼻長き僧のこと」に材料を得て、それに作者独自の解釈と心理的追求を加えたものである。さらに、作者はこの作品を書くにあたって、ロシアの小説家ゴーゴリの『鼻』の手法に暗示を受けたと考えられている。

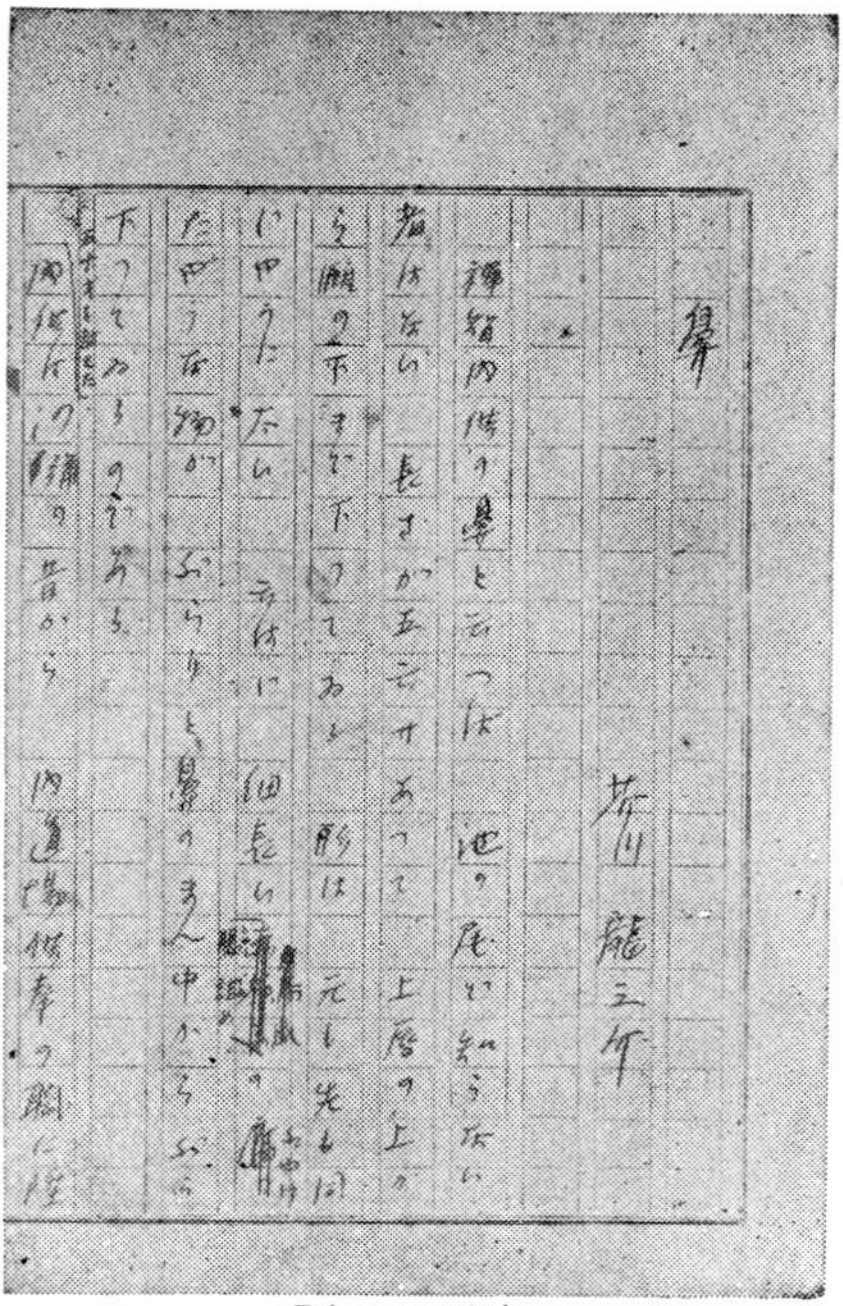
『鼻』の原稿

鼻長き僧の物語　『鼻』の主人公は、異様に長い鼻の持主禅智《ぜんち》内供《ないぐ》と呼ばれる僧侶である。

「禅智内供の鼻と云へば、池《いけ》の尾《お》で知らない者はない。長さは五六寸あつて上脣《うわくちびる》の上から顋《あご》の下まで下つてゐる。形は元も先も同じやうに太い。云はば細長い腸詰《ちょうづ》めのやうな物が、ぶらりと顔のまん中からぶら下つてゐるのである。」

これが冒頭の一節である。細長い腸詰めのような鼻の持主禅智内供は、その鼻のため日常生活がはなはだ不便だった。というのは、飯を食う時、独《ひと》りで食べることができないからである。食事の間中、弟子の一人に板きれで鼻を持ち上げていてもらわないと、鼻の先が鋺《かなまり》（金属製のおわん）の中の飯にとどいてしまうのだった。一度板きれで鼻を持ち上げる役目をしていた弟子の一人が、くさめをした拍子に手がふるえ、鼻が粥の中へ落ちてしまったことがあったが、この話は世間にかっこうな話題を提供することになってしまった。

しかし、内供が鼻を苦にして悩んだのは、日常生活の不便さが主な理由ではなかった。彼はこの鼻によって傷つけられる自尊心のために苦しんだのだった。世間の人々は、彼の異様に長い鼻を見て、誰も妻になる女がいなかったから、出家したのだろう、などと無責任な噂をして、彼の自尊心をいちじるしく傷つけるのであった。彼はそこで、その自尊心の回復を試みようとした。たとえば、多くの書物に目を通して、自分と同じような鼻の持主はいなかったかどうかを、調べてみたりした。あるいはまた、烏瓜《からすうり》を煎《せん》じて飲んだり、鼠の尿《いばり》を鼻へなすったりして、鼻の治療を積極的に行なったりもした。が、鼻はいぜんとして五、六寸の長さをぶらりと脣《くちびる》の上にぶらさげているのであった。

ところが、ある年の秋、内供の用事をかねて京に上った彼の弟子が、ある医者から、長い鼻を短くする方法を教わってきた。内供はさっそく、この治療法を試みることにした。

「その法と云ふのは、唯《ただ》、湯で鼻を茹《ゆ》でて、その鼻を人に踏ませると云ふ、極めて簡単なものであつた。

湯は寺の湯屋で、毎日沸かしてゐる。そこで弟子の僧は、指も入れられないやうな熱い湯を、すぐに提《ひさげ》(鍋のようなもの)に入れて、湯屋から汲んで来た。しかしぢかにこの提へ鼻を入れるとなると、湯気に吹かれて顔を火傷《やけど》する惧《おそれ》がある。そこで折敷《おしき》(食器をのせるのに使用した角盆)へ穴をあけて、それを提の蓋《ふた》にして、その穴から鼻を湯の中へ入れる事にした。鼻だけはこの熱い湯の中へ浸しても、少しも熱くないのである。しばらくすると弟子の僧が云つた。

——もう茹つた時分でござらう。

内供は苦笑した。これだけ聞いたのでは、誰も鼻の話とは気がつかないだらうと思つたからである。鼻は熱湯に蒸《む》されて、蚤の食つたやうにむづ痒《がゆ》い。

弟子の僧は、内供が折敷の穴から鼻をぬくと、そのまだ湯気の立つてゐる鼻を、両足に力を入れながら踏みはじめた。内供は横になつて、鼻を床板の上へのばしながら、弟子の僧の足が上下に動くのを眼の前に見てゐるのである。弟子の僧は、時々気の毒さうな顔をして、内供の禿げ頭を見下しながら、こんな事を云つた。

――痛うはござらぬかな。医師は責めて踏めと申したで。ぢやが、痛うはござらぬかな。

内供は首を振つて、痛くないと云ふ意味を示さうとした。所が鼻を踏まれてゐるので思ふやうに首が動かない。そこで、上眼を使つて、弟子の僧の足に皸《あかぎれ》のきれてゐるのを眺めながら、腹を立てたやうな声で、

――痛うはないて。

と答へた。実際鼻はむづ痒い所を踏まれるので、痛いよりも却て気もちのいい位だつたのである。」

しばらく踏んでいると、やがて粟粒《あわつぶ》のようなものが鼻へできはじめた。脂《あぶら》であるが、弟子の僧は鑷子《けぬき》（髪、鼻毛、ひげなどを抜き取る道具）でそれを抜きはじめた。その作業が終わると、もう一度鼻を茹《ゆ》でるのが鼻を短くする治療法の手順であった。内供は不服そうな顔をしながらも、板の穴から熱湯の中へ鼻をつっこんだ。

「さて二度目に茹でた鼻を出して見ると、成程、何時になく短くなつてゐる。これではあたりまへの鍵鼻《かぎばな》と大した変りはない。内供はその短くなつた鼻を撫《な》でながら、弟子の僧の出してくれる鏡を、極《きま》りが悪るさうにおづおづ覗いて見た。

鼻は――あの顋《あご》の下まで下つてゐた鼻は、殆《ほとんど》嘘《うそ》のやうに萎縮《いしゆく》して、今は僅に上唇の上で意気地なく残喘《さんぜん》

を保つてゐる。所々まだらに赤くなつてゐるのは、恐らく踏まれた時の痕《あと》であらう。かうなれば、もう誰も哂《わら》ふものはないのにちがひない。――鏡の中にある内供の顔は、鏡の外にある内供の顔を見て、満足さうに眼をしばたたいた。」

鼻を短くする治療に成功した内供は、ゆったりとした、のびのびした気分を味わうことができた。しかし数日して彼は意外な事実を発見しなければならなかった。というのは、人々が前よりもいっそうおかしそうに、じろじろと彼の短くなった鼻を眺めるからだった。鼻の長かったころには、同じ笑うにしても、なにか遠慮して笑っていたのに、普通の鼻になった今、人々は遠慮もなくつけつけと笑うのであった。この人々が笑う心理を、作者は、他人が不幸を切り抜けることができると、今までその不幸に同情していた人間が今度は物足りないような心持になり、もう一度不幸におとし入れてみたく感じる傍観者の利己的な心だ、と説明している。

この傍観者の利己主義をそれとなく感じ取った内供は、鼻の短くなった喜びもどこへやら日ごとに不機嫌になり、誰をも意地悪く叱りつけるようになった。あれほど長い鼻に悩んでいた内供は、鼻の短くなったのが、かえって恨めしく思うようになった。そうしたある夜のこと、寝つかれない床の中で、鼻がいつになくむづ痒《がゆ》いので手をあててみると、少し水気《すいき》がきたように、むくんでいるのに内供は気がついた。

「翌朝、内供が何時《いつ》ものやうに早く眼をさまして見ると、寺内の銀杏《いちよう》や橡《とち》が一晩の中に葉を落したので、庭は黄金《きん》を敷いたやうに明《あか》るい。塔の屋根には霜が下りてゐるせゐであらう。まだうすい朝日に、九輪《くりん》がまばゆく光つてゐる。禅智内供は、蔀《しとみ》を上げた縁に立つて、深く息をすひこんだ。

殆、忘れようとしてゐた或感覚が、再《ふたたび》内供に帰つて来たのはこの時である。

内供は慌《あわ》てて鼻へ手をやつた。手にさはるものは、昨夜の短い鼻ではない。上脣の上から顋の下まで、五六寸あまりもぶら下つてゐる、昔の長い鼻である。内供は鼻が一夜の中に、又元の通り長くなつたのを知つた。さうしてそれと同時に、鼻が短くなつた時と同じやうな、はればれした心もちが、どこからともなく帰つて来るのを感じた。

――かうなれば、もう誰も哂《わら》ふものはないにちがひない。

内供は心の中でかう自分に囁いた。長い鼻をあけ方の秋風にぶらつかせながら。」

人間の愚かさと弱さ

以上の梗概を持つこの作品の構成を、主人公の心理の推移だけに中心を置いて考えるならば、おおざっぱな分け方かも知れないが、四つの部分に分けることができよう。

まず最初に、細長い腸詰のような、なんとも奇妙な鼻を持った主人公の心理状態が描かれる。この鼻のために主人公は、食事の時は他人に鼻を持ち上げてもらわねばならない苦痛を味わう。それにもます苦痛は、その鼻のために自尊心がいたく傷つけられることである。それ故、主人公は長い鼻を短く見せる方法がないものかと鏡に向かったり、自分と同じような鼻の持ち主はいなかっただろうかと多くの書物に目を通したりする。あげくのはては、鼠の尿《いばり》を鼻になすったりして、鼻の短くなる方法を試みるが、一向にききめがない。このような鼻を短くしようと努力する主人公の心理はきわめて当然なものと言えよう。もし、この主人公が現代の生まれなら、進歩した整形医学によって、その不幸の原因は容易に取り除かれたであろう。が、悲しくも彼は平安朝の生まれであった。ところで、注意しなければならないのは、学問もあり、仏に仕えて悟りに近づいているはずの高僧が、その異常に長い鼻を非常に気にしているということと、その鼻を気にしていることを人に知られるのを恐れているということである。主人公は内道場供奉《ぐぶ》というきわめて高い僧侶の地位にあった。そのような高僧が、自分の肉体的不幸に苦しみ、その不幸から抜けだそうとしている点にもこの作品の面白さがある。

次に新しく試みた治療法が成功して、鼻が短くなった時の主人公の心理である。新しい治療法はきわめて滑稽《こっけい》なものだが、そのユーモラスな方法の成功により、鼻の短くなった主人公は長年の悩みを一気に解消したため、非常な満足を感ずる。この心理の推移もまた当然である。

つづいて、短くなった鼻に対する世間の人々の反応と、その反応によって変化する主人公の心理である。主人公の満足の気持をよそに、世間の人々は鼻が長かった時よりもいっそうあらわに嘲笑する。今までは主人公の不幸に同情していたのに、今度は物足りなくなって、もう一度不幸に陥れたくなるという傍観者の利己主義である、と作者は説明している。それは人間の一面にすぎないだろうが、誰もが思い当たることでもあろう。それで主人公は、やっと短くなった鼻を、かえって恨めしく思うのである。長い鼻に対する世間の評判に悩んだ主人公は、今度短くなった鼻に対する世間の評判に悩むことになる。ここに傍観者の利己主義に振り回されている人間のあわれむべき弱さがむき出しにされていると考えられよう。

最後は、もとの長い鼻にもどった時の主人公の心理である。せっかくの治療も一時的な効果をあげただけで、前のように長い鼻をぶらさげた主人公は、こうなればもう誰も笑うものはないにちがいない、とはればれした気持になったのである。

このようにみてくると、容易にこの作品の主題は理解されるのではなかろうか。

異様に長い鼻は主人公禅智内供にとって不幸の原因となっていた。その鼻により人々から嘲笑され、自尊心を傷つけられるがゆえに彼は不幸であった。その不幸から抜け出すためには長い鼻を短い鼻にすることだ、少なくとも彼はそう考えた。しかし、鼻が短くなり、不幸から抜け出せたと思った彼は、前よりもひどい嘲笑を受け、今度は短い鼻ゆえに不幸であった。結局彼の幸、不幸は世間の評判によって左右される性質のものだったのである。他人の目ばかり気にしている愚かな人間、世間の評判に振り回されている弱い人間、それが主人公禅智内供の姿であるが、この愚かさ、弱さは単に内供だけにとどまらない。作者は、世間の評判ばかりに気をとられ、それに振り回されて自分自身を見失っている愚かで弱い存在が人間なのだ、と語ろうとしたのだ。ここにこの小説の主題があるといえる。

『鼻』は「生涯編」でも述べたように、師漱石の激賞を受け、作家としての地位を約束した作品で、作者にとって記念すべき小説となった。

『今昔物語』との比較

さて、次にこの作品の素材となった『今昔物語』の原話について簡単に触れておこう。

原話では、最初、五、六寸ほどもある禅珍《ぜんちん》内供《ないぐ》の鼻を茹《ゆ》でて小さくする様子が描かれている。茹でて小さくする治療法は、原話も芥川の『鼻』も全く同じである。が、原話では芥川の『鼻』に描かれているような、治療前の内供の心理や、治療後の心理、世間の人々の態度には全然触れていない。治療の結果、原話の主人公の鼻は短くなるが、二、三日でもとの長い鼻にもどってしまう。これは芥川の『鼻』と同様である。このあと、原話では、再び長い鼻になった内供が食事をする時、弟子に板で鼻を持ち上げさせている場面がつづく。そうしてある時、その役目を臨時につとめた少年弟子が途中でくしゃみをしたため、鼻が粥椀の中に落ちてしまい、粥が内供の顔や弟子の顔にはね飛んだ。内供は大いに怒って「この馬鹿野郎。俺なんぞより高貴な方の鼻を持ち上げている時、このようなへまをしたらいったいどうする。この大馬鹿野郎。さつさと失《う》せろ。」と追い立てた。追い立てられたその弟子は内供の目の届かない所で「世の中にあのような長鼻がいくらでもあれば、よそでも鼻を持ち上げているだろうに。いやはやあきれたことを言われるお方だなあ。」とつぶやいた。これを聞いたほかの弟子たちも、腹をかかえて笑い、外へ逃げ出した。思うに、何というおかしな鼻であろう。まさにあの弟子のつぶやいた言葉どおりである、と世間の人々はその弟子の警句をおもしろがり、感心しあったことだ。これが『今昔物語』の原話の筋である。つまり原話の前半は奇妙な鼻を治療する様子を、後半は内供と弟子の滑稽な対話を主として述べているにすぎない。

このような素朴で、滑稽と諷刺を主とした原話に作者は独自な解釈を加え、主人公の心理の追求を行ない、見事な短編小説に仕立てあげたのである。なお、手法の上で暗示を受けたと考えられるゴーゴリの『鼻』に触れるのは省略するが、短い小説なので、一読されたい。

最後に『鼻』の創作動機だが、それについては『羅生門』の解説の所でもちょっと触れておいた。すなわち、失恋のための暗い気分を転換するため、現状とかけはなれた、なるべく愉快な小説を書こうとしたところに、その大半が求められよう。しかし、かならずしも愉快な小説になっていないのは『羅生門』の場合と同様である。表面的にはユーモアや諧謔《かいぎゃく》が流れ、『羅生門』ほどの暗さはないが、その背後には作者の人間の弱さと醜さへのため息が、利己的な人間性へのあきらめが、色濃くにじみ出ているのである。

蜘蛛の糸

芥川龍之介の作品には『杜子春』『犬と笛』『魔術』『アグニの神』『三つの宝』など、幾編かの童話があるが、この『蜘蛛の糸』は、彼の処女童話であるとともに、その代表作である。この作品の発表は、大正七年七月で、漱石門下の先輩鈴木三重吉が主宰していた童話雑誌「赤い鳥」の創刊号に掲載された。当時「赤い鳥」の編集助手をしていた小島政二郎に、作者は、「お伽話には弱りましたあれで精ぎり一杯なんです但自信は更にありません」(五月十六日)と書き送ったが、鈴木三重吉はこの原稿を読んでひじょうに喜び、「芥川が世間で持てはやされるのは当り前だ」「旨いねえ、水ぎわだってい」ると語ったという。

地獄に落ちた犍陀多の話　『蜘蛛の糸』は芥川の作品の中でも、広く読まれているものの一つであるが、原文を引用しながら、一応その梗概をたどってみよう。

「或日の事でございます。御釈迦様《おしやかさま》は極楽の蓮池《はすいけ》のふちを、独《ひと》りでぶらぶら御歩きになつていらつしやいました。池の中に咲いてゐる蓮の花は、みんな玉のやうにまつ白で、そのまん中にある金色の蕊《ずい》からは、何とも云へない好い匂《におい》が、絶間なくあたりへ溢《あふ》れて居ります。極楽は丁度《ちょうど》朝なのでございます。
やがて御釈迦様はその池のふちに御佇《おたたず》みになつて、水の面《おもて》を蔽《おお》つてゐる蓮の葉の間から、ふと下の容子《ようす》を御覧になりました。この極楽の蓮池の下は、丁度地獄の底に当つて居りますから、水晶のやうな水を透《す》き徹《とお》して、三途《さんず》の河や針の山の景色が、丁度覗き眼鏡を見るやうに、はつきり見えるのでございます。
するとその地獄の底に、犍陀多《かんだた》と云ふ男が一人、外の罪人と一しよに蠢《うごめ》いてゐる姿が、御眼に止りました。」

この地獄の底にうごめいている犍陀多という男は、人を殺したり、家に火をつけたりした悪人であった。が、たった一つ、善い事をした覚えがあった。あるとき、森の中を歩きながら、思わず踏み殺そうとした一匹の蜘蛛《くも》を急に思いとどまって殺さずに助けてやったことだった。御釈迦様はその事を知っておられたので、善い事をした報いに、できるなら、この男を地獄から救い出してやろうと考え、一本の蜘蛛の糸をはるか下にある地獄の底に降ろされた。

一方地獄の底の血の池で、浮いたり沈んだりしている犍陀多は、どちらを見てもまっ暗なので不安でならない。時折り恐ろしい針の山の針が光り、墓の中のような静寂の中に、罪人たちのかすかなため息が聞こえてくるだけである。彼が血の池の血にむせびながら、まるで死にかかった蛙のようにもがいていたある日、ひっそりとした闇の中を、遠い遠い天上から、銀色の蜘蛛の糸が一筋、細く光りながら、自分の上へ垂れて来るのを発見した。この糸にすがって、登っていったならこの地獄から抜け出せるに相違ない、と考えた彼は手を拍《う》って喜んだ。そして、その蜘蛛の糸をしっかり両手でつかみながら、上へ上へと糸をたぐり登っていった。しばらくして、疲れた彼は糸の中途にぶら下がったまま、はるか下を見おろして驚いてしまった。

「所がふと気がつきますと、蜘蛛の糸の下の方には、数限《かずかぎり》もない罪人たちが、自分ののぼつた後をつけて、まるで蟻《あり》の行列のやうに、やはり上へ上へ一心によぢのぼつて来るではございませんか。犍陀多はこれを見ると、驚いたのと恐しいのとで、暫《しばら》くは唯《ただ》、莫迦《ばか》のやうに大きな口を開《あ》いた儘《まま》、眼ばかり動かして居りました。自分一人でさへ断《き》れさうな、この細い蜘蛛の糸が、どうしてあれだけの人数の重みに堪へる事が出来ませう。もし万一途中で断《き》れたと致しましたら、折角《せつかく》ここまでのぼつて来たこの肝腎《かんじん》な自分までも、元の地獄へ逆落《さかおと》しに落ちてしまはなければなりません。そんな事があつたら、大変でございます。が、さう云ふ中《うち》にも、罪人たちは何百となく何千となく、まつ暗な血の池の底から、うようよと這ひ上つて、細く光つてゐる蜘蛛の糸を、一列になりながら、せつせとのぼつて参ります。今の中にどうかしなければ、糸はまん中から二つに断《き》れて、落ちてしまふのに違ひありません。

そこで犍陀多は大きな声を出して、『こら、罪人ども。この蜘蛛の糸は己《おれ》のものだぞ。お前たちは一体誰に尋《き》いて、のぼつて来た。下りろ。下りろ。』と喚《わめ》きました。

その途端でございます。今まで何ともなかつた蜘蛛の糸が、急に犍陀多のぶら下つてゐる所から、ぷつりと音を立てて断《き》れました。ですから、犍陀多もたまりません。あつと云ふ間もなく風を切つて、独楽《こま》のやうにくるくるまはりながら、見る見る中に暗《やみ》の底へ、まつさかさまに落ちてしまひました。（中略）

御釈迦様は極楽の蓮池のふちに立つて、この一部始終をぢつと見ていらつしやいましたが、やがて犍陀多が血の池の底へ石のやうに沈んでしまひますと、悲しさうな御顔をなさりながら、又ぶらぶら御歩きになり始めました。（以下略）」

利己的な人間性

右のような内容を持つ処女童話『蜘蛛の糸』で、作者は何を語ろうとしたのだろうか。梗概を一読してすでに明らかであろうが、人間の持つエゴイズムの醜さを語っているのである。自分ひとりだけの利益しか考えない人間のエゴイズムは他人ばかりでなく自己をも破滅させる、というのがこの作品の主題であることは、いうまでもない。そして、作者は、そのエゴイズムは人間から取り去ることができないほどの強さを持っているのだと語っているのである。

『蜘蛛の糸』は、このように作者の持つ、利己的な人間性へのあきらめや絶望感を内に秘めていて、内容そのものは決して明るいものではない。が、表面的には、美しい花や美しい空で色どられ、明るく、澄んだ印象を与える作品でもある。描写は、みがきのかかった美しさときめの細かさとを持ち、構成も巧みで、童話として高い地位が与えられている。そしてまた、童話ではあるが、大人の文学としても十分に鑑賞にたえるほどの高い芸術的完成を示している。作者が以後、ときには童話に筆を取るようになったのは、この『蜘蛛の糸』の成功によるのであるから、そういう意味でも、注意したい作品である。

この作品はまた、『杜子春』とともに日本児童文学中の名作でもある。が、厳密な意味での児童文学として、『蜘蛛の糸』を見るとき、やや物足りないものを感じないでもない。というのは人間のエゴイズムは結局、自己をも他人をも不幸にすると語りながらも、作者はそこに利己的な人間へのあきらめを示すのみで、そのようなエゴイズムを克服しなければならないという積極性を、ほとんど盛り込んでいないからである。もちろん、このような物足りなさは単に児童文学という立場から、この作品を見た場合にのみ、起こるものであろうが。

『蜘蛛の糸』の典拠

最後に、『蜘蛛の糸』の典拠に触れておく。作者の多くの作品と同じく、典拠を他に仰いでいるわけだが、この作品の典拠として早くに吉田精一氏は、ドストエフスキイの長編『カラマーゾフの兄弟』（第七編第三「一本の葱」）の中の説話を指摘した。米川正夫訳による原文は次のようなものである。

「昔々ある所に意地の悪いお婆さんがいたんですとさ。それが死んだ時、跡に何一ついい行いが残らなかったので、サタンはお婆さんを捕《つか》まえて火の湖へ投げこんじやつたの。ところがお婆さんの守神の天使は、何か神様に申し上げるようないい行いがあのお婆《ばあ》さんにないかしらんと、じつと立つて考えているうちに、やつとあることを思い出したので、神様に向いて、あのお婆さんは畑から葱《ねぎ》を抜いて来て、乞食女にやつたことがありますと言つたのよ。すると神様は、ではお前一つその葱を取つて来て、湖の中にいるお婆さんの方へ差し伸して、それに摑《つか》まらしてたぐるがよい。もし首尾よく湖の外へ引き出せたらお婆さんを天国へやつてもよい。またもし葱がちぎれたらお婆さんは今の場所へそのまま置かれるのだぞ、とこういう御返事なんですとさ。天使はお婆さんのところへ走つて行つて、葱をさしのべながら、そら、お婆さん、これに摑つておたぐりと言つて、そうつと気をつけてひき始めたのよ。そうして大方ひき上げようとしたところへ、湖の中にいるほかの餓鬼《がき》どもが、お婆さんが引上げられているのを見て、自分らも一緒に出してもらおうというので、みんなでその葱に摑まり出したの。するとお婆さんは意地の悪い女だから、みんなを足で蹴散らしながら、引いてもらつているのは私だよ、お前さん達じやありやしない、とそういうが早いか、葱はぷつりと切れちやつたのよ。そしてお婆さんはまた湖へ落ちて、今までずつと燃え通しているんだつて。天使は泣く泣く帰つてしまいましたとさ。」

ところが、その後山口静一氏が、その典拠としてトルストイの訳した『カルマ』(一八九四)、さらにその原典にあたるポール＝ケーラス (Paul Carus) の『カルマ』を指摘された。ケーラスの『カルマ』はアメリカの雑誌「オープン・コート」に掲載され、一八九五年(明治二八)には、その日本版が刊行されている。それには、"The Spider Web" という題とともに、地獄におちた大泥棒カンダタが蜘蛛の糸につたわってそこを脱出しようとし、そのエゴイズムで、糸が切れて、地獄におちる話がある。

ついで、片野達郎氏によって、芥川が『蜘蛛の糸』制作に当って典拠としたのは、ケーラスの『カルマ』の日本語訳『因果の小車』(鈴木大拙訳、明治三一年刊)であることが明らかにされた。『因果の小車』は五章からなり、第四章が「蜘蛛の糸」という題名で、内容も芥川の『蜘蛛の糸』と殆んど同じであり、その主人公もまた芥川の『蜘蛛の糸』と同様「犍陀多」である。『因果の小車』所収の「蜘蛛の糸」の一部を左に摘記しておく。

「むかし犍陀多と云へる大賊ありしが、後悔せずして死したるにより地獄に堕落して悪鬼羅刹のために苦しめられ、大苦大悩の淵に沈められたり、(中略)されど如来は知り給はざる所なし。この大賊の一生の行為を見給ふに、彼嘗て森の中を行けるとき、地上に一つの蜘蛛の蠢々たるを見たりしも、彼は『小虫何の害をもなさず之を踏み殺すも無残なり』と思惟したることありき。

仏は犍陀多の苦悩を見て慈悲の心に動かされ給ひ、一縷の蜘蛛の糸を垂れ蜘蛛をして云はしめ給ふやう、『この糸を便りて昇り来れ』と。(中略)彼は驚きて下の方を眺めたるに、彼が仲間の罪人等がその跡を慕ひて同じく昇り来らんとするなりけり。(中略)恐怖の思ひ禁ずる能はず、『去れ〳〵此糸はわがものなり』と覚えず絶叫したりしかば、糸は立刻に断絶して其身はまた旧の奈落の底ぞ落ちたりける。」

「地獄変」

『地獄変』は大正七年五月一日から同二十二日まで、「大阪毎日新聞」に連載された。「王朝物」の代表作で、『戯作三昧』とともに芥川龍之介の作品中では長編に属する作品である。七年の二月には彼は結婚し、三月には大阪毎日に社友として入社しており、『地獄変』は社友契約後の最初の作品となった。主人公は良秀という絵師で、事件の目撃者を用意し、その目撃者に事件を語らせるという体裁になっている。

娘を犠牲にした絵師の悲劇

まず梗概だが、時代は平安朝である。私（語り手）が二十年も仕えていた堀川の大殿《おおとの》にまつわる逸事の中でも地獄変の屛風《びょうぶ》の話ほど恐ろしいものはないだろう。その屛風絵を描いたのは良秀という絵師である。良秀は絵筆をとってはその右に出るものは一人もあるまいといわれるほどの高名な絵師であった。が、傲慢《ごうまん》で、猿のように醜い男であった。彼には十五歳になる一人娘がおり、大殿の邸に小女房《こにょうぼう》として仕えていた。この娘は親の良秀に似もつかない美しい娘で、思いやりの深い、利巧な性質の持主であった。ある時、かの女は大殿邸に飼われている良秀というあだなの小猿を助けたことがあり、大殿の目にもとまるようになった。かの女は大殿邸の多くの人々から可愛がられていたが、父親の良秀は本朝

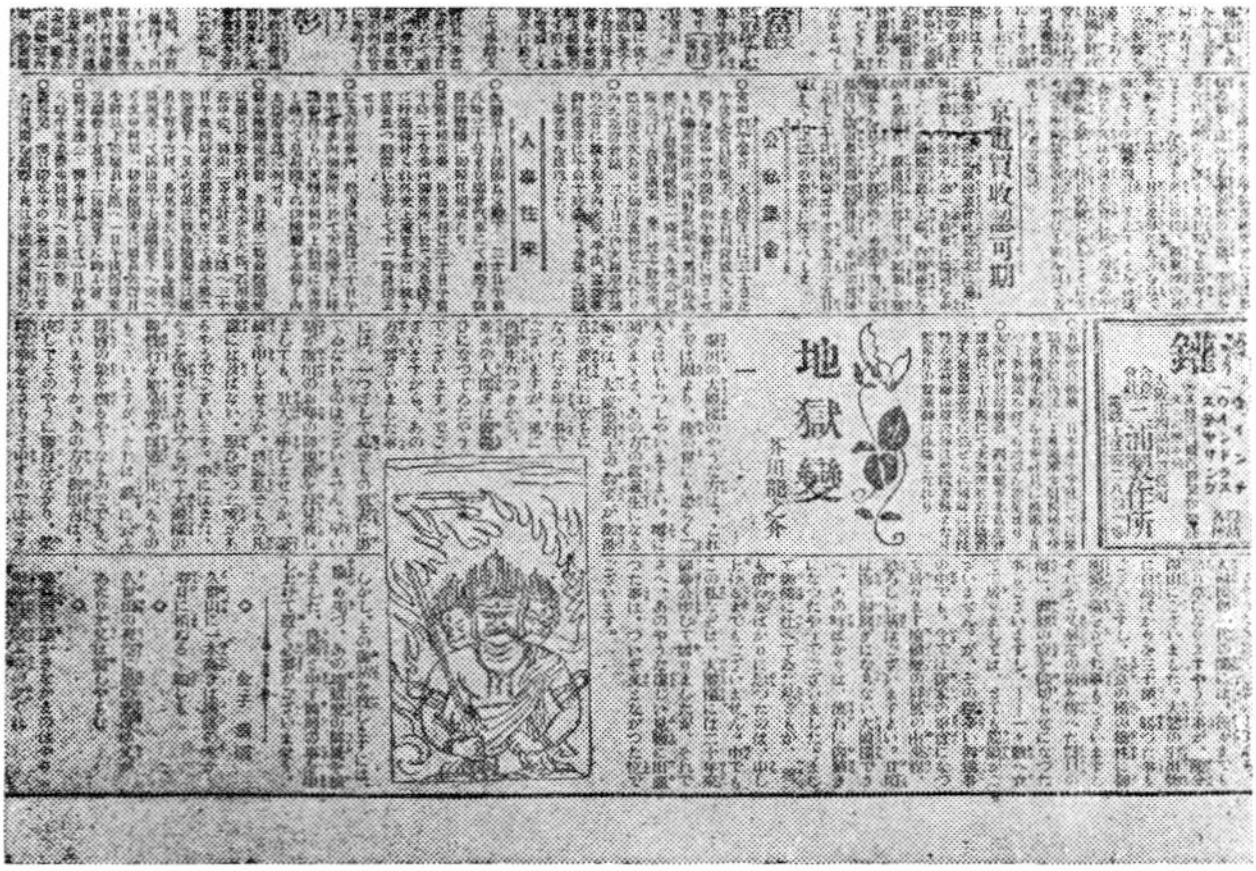

『地獄変』(「大阪毎日」掲載)

第一の絵師であるという自信からくる横柄で高慢な態度によって、誰からも嫌われていたのであった。しかし、自分の娘に対する情愛はきわめて深く、気違いのような可愛いがりようで、邸奉公から宿下がりを願い出たりして、大殿の機嫌をそこねたこともあったほどである。

　ある時、大殿は良秀に地獄変の屏風絵を描くように命じた。良秀は屏風絵の制作に没頭した。苦心に苦心を重ね、ある時は、はだかにした弟子の一人を鎖《くさり》で縛り、地獄の獄卒《ごくそつ》に苦しめられている亡者《もうじゃ》の姿のモデルにしたこともあった。またある時は、鋭い爪と口嘴を持った猛鳥をけしかけて少年弟子を襲わせ、その弟子が逃げまどう物凄い情景を写したりもした。五、六か月の間、まるで憑《つ》かれたように絵の制作に専念していた良秀は、ある日突然大殿の邸に参上し、大殿に向かって、地獄変の屏風絵ももはやあらまし出来上がったけれども、唯一つ今もって描けない所がある、と嗄《しわが》れ声でいった。大殿の、いったい何が描けないのか、という問いに良秀は、次のやうに答へるのであつた。

「『私は屏風の唯中《ただなか》に、檳榔毛《びろうげ》の車（牛車の一種）が一輛《りよう》、空から落ちて来る所を描《か》かうと思つて居ります。』良秀はかう云つて、始めて鋭く大殿様の御顔を眺めました。あの男は画の事と云ふと、気違ひ同様になるとは聞いて居りましたが、その時の眼のくばりには確にさやうな恐ろしさがあつたやうでございます。

『その車の中には、一人のあでやかな上﨟《じようろう》（地位身分の高い女官）が、猛火の中に黒髪を乱しながら、悶《もだ》え苦しんでゐるのでございまする。顔は煙に咽《むせ》びながら、眉を顰《ひそ》めて、空《そら》ざまに車蓋《やかた》を仰いで居りませう。手は下簾《したすだれ》を引きちぎつて、降りかゝる火の粉の雨を防がうとしてゐるかも知れませぬ。さうしてそのまはりには、怪しげな鷙鳥《しちよう》（肉食する猛鳥のこと）が十羽となく二十羽となく、嘴《くちばし》を鳴らして紛々《ふんぷん》と飛び繞《めぐ》つてゐるのでございまする。――ああ、それが、牛車《ぎつしや》の中の上﨟が、どうしても私には描けませぬ。」

この良秀の答へを聞いた大殿は顔を暗くしたが、それもわずかの間で、突然けたたましく笑うと、次のように言った。

「『檳榔毛の車にも火をかけよう。又その中にはあでやかな女を一人、上﨟の装《よそおい》をさせて乗せて遣《つか》はさう。炎と黒煙《くろけむり》とに攻められて、車の中の女が、悶《もだ》え死《じに》をする――それを描かうと思ひついたのは、流石《さすが》に天下第一の絵師ぢや。褒《ほ》めてとらす。おゝ、褒めてとらすぞ。』
大殿様の御言葉を聞きますと、良秀は急に色を失つて喘《あえ》ぐやうに唯《ただ》、脣ばかり動して居りましたが、やがて体中《からだじゆう》の筋が緩《ゆる》んだやうに、べたりと畳へ両手をつくと、
『難有《ありがた》い仕合でございまする。』と、聞えるか聞えないかわからない程低い声で、丁寧に御礼を申し上げました。」

かくて屏風絵完成のための残酷な実験が行なわれることになった。場所は荒れ果てた山荘であり、月のないまっ暗な夜であった。山荘の庭には一台の牛車が用意され、中には猿ぐつわをはめられ、鎖《くさり》で縛られた一人の女房が押し込められていた。その女房こそ良秀の愛娘《まなむすめ》であった。父親の良秀は松明《たいまつ》の火に照らし出された娘の姿を見いだし、思わず車の方へ走り出そうとした。その時、車に火がつけられた。

「火は見る見る中に、車蓋《やかた》をつつみました。庇《ひさし》についた紫の流蘇《ふさ》が、煽られたやうにさつと靡くと、その下から濛々《もうもう》と夜目にも白い煙が渦《うず》を巻いて、或は簾《すだれ》、或は袖《そで》、或は棟の金物が、一時に砕《くだ》けて飛んだかと思ふ程、火の粉が雨のやうに舞ひ上る——その凄《すさま》じさと云つたらございません。(中略)良秀のその時の顔つきは今でも私は忘れません。思はず知らず車の方へ駆け寄らうとしたあの男は、火が燃え上ると同時に、足を止めて、やはり手をさし伸した儘《まま》、食ひ入るばかりの眼つきをして、車をつつむ焔煙《えんえん》を吸ひつけられ

たやうに眺めて居りましたが、満身に浴びた火の光で、皺《しわ》だらけな醜い顔は、髭《ひげ》の先までもよく見えます。が、その大きく見開いた眼の中と云ひ、引き歪《ゆが》めた脣《くちびる》のあたりと云ひ、或は又絶えず引き攣《つ》つてゐる頰《ほほ》の肉の震《ふる》へと云ひ、良秀の心に交々《こもごも》往来する恐れと悲しみと驚きとは、歴々と顔に描かれました。（中略）

ああ、私はその時、その車にどんな娘の姿を眺めたか、それを詳しく申し上げる勇気は、到底あらうとも思はれません。あの煙に咽《むせ》んで仰向けた顔の白さ、焰を掃《はら》つてふり乱れた髪の長さ、それから又見る間に火と変つて行く、桜の唐衣《からぎぬ》の美しさ、——何と云ふ惨《むご》たらしい景色でございましたらう。殊に夜風が一《ひと》下《おろ》しして、煙が向うへ靡《なび》いた時、赤い上に金粉を撒《ま》いたやうな、焰の中から浮き上つて、猿轡《さるぐつわ》を嚙みながら、縛《いましめ》の鎖も切れるばかり身悶えをした有様は、地獄の業苦《ごうく》を目《ま》のあたりへ写し出したかと疑はれて、私始め強力《ごうりき》の侍までおのづと身の毛がよだちました。」

その時、山荘の屋根から火の燃えさかる車の中へ、一文字に飛び込んだものがあった。そして、焼け落ちる車の中にのけぞる娘の肩にすがった。それは娘の可愛《かわい》がっていた猿であった。

「が、猿の姿が見えたのは、ほんの一瞬間でございました。金梨子《きんなしじ》のやうな火の粉が一しきり、ぱつと空へ上つたかと思ふ中に、猿は元より娘の姿も、黒煙《くろけむり》の底に隠されて、御庭のまん中には唯、一輛の火の車が凄じい音を立てながら、燃え沸《たぎ》つてゐるばかりでございます。いや、火の車と云ふよりも、或は火の柱と云つた方が、あの星空を衝《つ》いて煮え返る、恐ろしい火焔の有様にはふさわしいかも知れません。

その火の柱を前にして、凝《こ》り固まつたやうに立つてゐる良秀は、——何と云ふ不思議な事でございませう。あのさつきまで地獄の責苦に悩んでゐたやうな良秀は、今は云ひやうのない輝きを、さながら恍惚《こうこつ》とした法悦《ほうえつ》の輝きを、皺だらけな満面に浮べながら、大殿様の御前《ごぜん》も忘れたのか、両腕をしつかり胸に組んで、佇《たたず》んでゐるではございませんか。それがどうもあの男の眼の中には、娘の悶え死ぬ有様が映つてゐないやうなのでございます。唯美しい火焔の色と、その中に苦しむ女人《にょにん》の姿とが、限りなく心を悦ばせる——さう云ふ景色に見えました。」

車とともに最愛の娘を焼け死なせるというむごたらしい事が行なわれて一か月ばかりの後、地獄変の屏風《びょうぶ》絵《え》は完成した。まさにそれは入神の出来栄えであった。

「それ以来あの男を悪く云ふものは、少くとも御邸の中だけでは、殆ど一人もゐなくなりました。誰でもあの屏風を見るものは、如何に日頃良秀を憎く思つてゐるにせよ、不思議に厳《おごそ》かな心もちに打たれて、炎熱地獄の大苦艱《だいくげん》を如実に感じるからでもございませうか。

しかしさうなつた時分には、良秀はもうこの世に無い人の数にはひつて居りました。それも屏風の出来上つた次の夜に、自分の梁《はり》へ縄をかけて、縊《くび》れ死んだのでございます。一人娘を先立てたあの男は、恐らく安閑として生きながらへるのに堪へなかつたのでございませう。死骸《しがい》は今でもあの男の家の跡に埋《うず》まつて居ります。尤も小さな標《しるし》の石は、その後《のち》何十年かの雨風《あめかぜ》に曝《さら》されて、とうの昔誰の墓とも知れないやうに、苔蒸《こけむ》してゐるにちがひございません。」

芸術至上主義

これが芸術至上主義に生きる芸術家の悲劇を描いた『地獄変』の梗概である。作者は、前年の作『戯作三昧《げさくざんまい》』で、馬琴《ばきん》を通し、芸術家としての苦心と喜びを語った。そこには、芸術至上主義の境地に絶対的な価値を認める作者自身の態度が、にじみでている。『地獄変』ではそのような作者の態度が、さらに深く押し進められていると考えてよい。

目前で、最愛の娘を焼き殺すという犠牲を払って、自己の芸術を完成した絵師良秀の姿は、芸術に絶対の価値を置き、芸術を人生の最高のものと考える芸術至上主義者のそれである。芸術至上主義者良秀にとって、芸術に生きることは、人間として生きることの放棄を意味していた。娘が焼き殺されるのを黙って見ている父親の態度は人間として許されるものでは決してない。良秀の芸術は最愛の娘を焼き殺すというきわめて非道徳的な、非人間的な行為の上に、完成したのであった。『地獄変』の主題が、絵師良秀を通して、作者自身の芸術至上主義を語るものであることは、容易に理解されるであろう。しかし、絵師良秀は自己の芸術の完成とともに自らの命を絶った。作者はなぜ良秀を自殺させたのであろうか。これについて従来さまざまな意見がある。良秀を縊死《いし》させたのは、作者芥川の芸術至上主義に対する反省、後退であるという見解がある。また芸術に対する道徳の復讐《ふくしゅう》とみる考え方もある。これらの意見は、良秀が自殺したことに、良秀が（あるいは作者が）、結局は芸術上の至上主義者になりえなかったということを、みようとしているのであろう。確かに良秀はその道徳的な苛責《かしゃく》に堪えかねて自殺した。しかし、それを作者の芸術至上主義に対する反省とか、芸術に対する道徳の復讐というように単純に考えてよいものだろうか。良秀は最愛の娘を犠牲にして、自己の芸術を完成した。そして、その完成のためには、自己の生命までもいけにえとしなければならなかった。むしろ、このように考える方が適切ではなかろうか。娘の命と自分の命を犠牲として芸術を完成させた良秀こそ、典型的な芸術至上主義者と呼ぶにふさわしいと言えよう。

もちろん、作者が良秀のような典型的な至上主義者として、その実生活を生きたわけではない。芸術上の至上主義に生きる絵師良秀の姿は、作者芥川龍之介の理想とする芸術家の姿である。良秀は、芸術至上主義に生きる作者にとって、一人の理想的な芸術家の像にすぎなかった。なぜなら、作者にとって、道徳と訣別《けつべつ》してまで自分の芸術に忠実であることはできなかったからである。

古典との関連　次にこの作品の材料となった古典について触れよう。まず、絵師良秀については、多くの研究家の指摘にあるように、『宇治拾遺物語』の巻三第六「絵仏師良秀、家の焼くるを見てよろこぶこと」から材料がとられている。『十訓抄』にも同様な話があるが、作者が直接材料としたのは『宇治拾遺物語』であると考えられている。原話「絵仏師良秀、家の焼くるを見てよろこぶこと」は、隣家から火事が出て自分の家も類焼した際、絵仏師良秀は、自分の家が炎に包まれて焼け落ちるのをじっと見つめながら、時にはうなずいたり、また時には笑《え》みさえみせていた。後《のち》に、自分の仏絵の光背を描く場合、火事の光景を生かして、すぐれた仏絵を描いた、というわずか原稿用紙一枚あまりの話にすぎない。

地獄変の屛風絵については、『古今著聞集』巻十一の「弘高の地獄変の屛風を書ける次第」から取材している。これは、巨勢弘高という絵師が地獄変の屛風を描いたが、それは入神の出来栄えで、描き終えてから弘高はおそらく自分の命は尽きるだろうともらした。その言葉どおり、弘高はまもなく死んでしまった、という非常に短い話である。この『宇治拾遺物語』と『古今著聞集』の話が『地獄変』の主要な材料となったのだが、この二つの話は、あわせてせいぜい原稿用紙二枚程度のものだ。それを作者は、作者としては長編に属す七十余枚の『地獄変』に書き上げたのである。古典を材料にしているといっても、大部分の筋書が作者の創作である。そこに作者の豊かな想像力と描写力とを知りえよう。

首尾の統一されたちみつな構成と、語り手を用意して事件にある距離感を持たせた手法は、テンポのゆるやかな文体とあいまって、王朝物の代表作と呼ぶにふさわしい物語の世界を築き上げているのである。

この作品が書かれたのは、前にも触れたように、結婚後の鎌倉在住の時であり、作者にとって色々な面で最も恵まれた時期であった。が、この作品執筆後十年を経ずして、作者は、主人公良秀と同じように、自分の命を自ら絶ったのであった。

奉教人の死

芥川龍之介の多彩な作品の中で、歴史小説に属するもののうち、「切支丹物《きりしたんもの》」と呼ばれる作品群があることは前にも書いた。この「切支丹物」は『煙草《たばこ》と悪魔』にはじまり、『尾形了斎《おがたりようさい》覚え書』『さまよへる猶太《ゆだや》人《じん》』と展開し、この『奉教人《ほうきようにん》の死』から『るしへる』『きりしとほろ上人《しようにん》伝』などに続いて行く系統であって、芥川独自の異国趣味と学才を語るものである。奉教人とはキリスト教徒のことだが、この『奉教人の死』が発表されたのは大正七年で、「三田文学」の九月号に掲載された。

明星派の詩人や歌人の作品の中には、異国情緒豊かなものがかなり見られることからも理解されるように、文学上の切支丹趣味は、一種の異国情緒として早くから存在していたが、異国情緒のかおり高い『南蛮《なんばん》記』（新村出著）が大正四年に出版されるに及び、異国情緒としての切支丹趣味は知識階級の間にしだいに広がりはじめていた。知識欲が強く、異常な事柄や奇異な話に強く引かれる芥川が、異国情緒のただよう外人居留地に生まれたということともあいまって、このような切支丹趣味に好奇の眼を輝かしたことは当然といえよう。彼が最初に心をひかれたのはキリスト教のために殉じたキリスト教徒であった。ここにとりあげる『奉教人の死』もそうした芥川の切支丹趣味の中から生まれた作品であり、「切支丹物」での代表作である。

物語は次のように展開する。

殉教者の半生

長崎の「さんた・るちや」という寺院に、「ろおれんぞ」という少年が養われていた。その少年はある年の降誕《こうたん》祭の夜、寺院の門前に行き倒れていたのであったが、なぜかその素《す》姓《じょう》を明かそうとしなかった。信仰心厚く、伴天連《ばてれん》（神父・宣教師）をはじめ、多くの人々から愛されていた。が、たまたま、信者の一人である傘《かさ》張りの娘に想《おも》われ、その娘から恋文が届けられたりして、その仲を疑われるようになった。「ろおれんぞ」は娘との仲を否定するが、その娘が懐妊し、腹の子の父は「ろおれんぞだ」と訴えたので、彼はついに寺院から追放された。そのため、住む場所を失った彼は、町はずれの非人小屋に寝起きするみじめな生活を送るようになった。人々にさげすまれたり、迫害されたり、熱病に苦しめられたりもした。しかし、彼の信仰は変わるどころか、かえってその強さを増して行くのだった。傘張りの娘はまもなく、女の子を生んだ。「ろおれんぞ」が寺院から追放されて一年あまりしたある夜、長崎の町に大火事が起こった。

『奉教人の死』が収められている第三創作集『傀儡師』

傘張りの娘の家も類焼し、家族と娘は逃げたが、娘の生んだ幼い女の子は、炎に包まれた家の中に取り残された。娘をはじめとして、人々はその幼い子を助けようとするが、燃えさかる炎のためにどうすることもできない。ただ、茫然《ぼうぜん》としているのみであった。娘は狂気のように泣き叫んでいた。

「その時翁《おきな》（娘の父親）の傍から、誰とも知らず、高らかに『御主《おんあるじ》、助け給へ』と叫ぶものがござつた。声ざまに聞き覚えもござれば、『しめおん』が頭《こうべ》をめぐらして、その声の主をきつと見れば、いかな事、これは紛《まが》ひもない『ろおれんぞ』ぢや。清らかに瘦せ細つた顔は、火の光に赤うかがやいて、風に乱れる黒髪も、肩に余るげに思はれたが、哀れにも美しい眉目のかたちは、一目見てそれと知られた。その『ろおれんぞ』が、乞食《こじき》の姿のまま、群る人々の前に立つて、目もはなたず燃えさかる家を眺めて居る。と思うたのは、まことに瞬く間もない程ぢや。一しきり焰を煽つて、恐しい風が吹き渡つたと見れば、『ろおれんぞ』の姿はまつしぐらに、早くも火の柱、火の壁、火の梁《うつばり》の中にはいつて居つた。」

人々は「ろおれんぞ」のけなげな行為に驚き、どよめきをあげたが、さすが親子の情は争われない、などともささやき合った。ただ娘だけは大地にひざまずき、両の手で顔をうずめながら、一心不乱に祈っていた。その顔には火の粉が雨のように降りかかっていた。

「とかうする程に再火《ふたたび》の前に群つた人々が、一度にどつとどよめくかと見れば、髪をふり乱いた『ろおれんぞ』が、もろ手に幼子をかい抱いて、乱れとぶ焔の中から、天《あま》くだるやうに姿を現いた。なれどその時、燃え尽きた梁《はり》の一つが、俄《にわか》に半ばから折れたのでござらう。凄じい音と共に、一なだれの煙焔《えんえん》が半空《なかぞら》に迸《ほとばし》つたと思ふ間もなく、『ろおれんぞ』の姿ははたと見えずなつて、跡には唯《ただ》火の柱が、珊瑚《さんご》の如くそば立つばかりでござる。

あまりの凶事に心も消えて、『しめおん』をはじめ翁まで、居あはせた程の奉教人衆は、皆目の眩《くら》む思ひがござつた。中にも娘はけたたましう泣き叫んで、一度は脛《はぎ》もあらはに躍り立つたが、やがて雷《いかずち》に打たれた人のやうに、そのまま大地にひれふしたと申す。さもあらばあれ、ひれふした娘の手には、何時《いつ》かあの幼い女の子が、生死不定《しょうじふじょう》の姿ながら、ひしと抱かれて居つたをいかにしようぞ。ああ、広大無辺なる『でうす』(キリスト教の神)の御知恵《おんちえ》、御力《おんちから》は、何とたたへ奉《たてまつ》る詞《ことば》だにござない。燃え崩れる梁に打たれながら、『ろおれんぞ』が必死の力をしぼつて、こなたへ投げた幼子は、折よく娘の足もとへ、怪我もなくまろび落ちたのでござる。」

幼い女の子は「ろおれんぞ」によって無事助け出された。そして、「ろおれんぞ」も、さかまく火の嵐の中から「しめおん」によって救い出された。全身むごたらしく焼けただれた「ろおれんぞ」は寺院の門の前に横たえられた。その時、傘張りの娘は神父の足もとにひざまずき、この幼子は「ろおれんぞ」の子でなく、隣家の男と密通してできた子である。日ごろ「ろおれんぞ」を恋い慕っていたが、あまりにもつれないので、恨む心から腹の子を「ろおれんぞ」の子であると偽ったのだ、と懺悔《ざんげ》し、大地に身を投げて泣き伏した。「ろおれんぞ」はいろいろと介抱《かいほう》をほどこされたが、命を取り留めることはむずかしかった。

「やがて娘の『こひさん』（懺悔）に耳をすまされた伴天連は、吹き荒ぶ夜風に白《しら》ひげをなびかせながら、『さんた・るちや』の門を後にして、おごそかに申されたは、『悔い改むるものは、幸ぢや。何しにその幸なものを、人間の手に罰しようぞ。これより益《ますます》、『でうす』の御戒《おんいましめ》を身にしめて、心静に末期《まつご》の御《おん》裁判《さばき》の日を待つたがよい。又『ろおれんぞ』がわが身の行儀を、御主『ぜす・きりしと』（イエス＝キリスト）とひとしく奉らうず志は、この国の奉教人衆の中にあつても、類稀《たぐいまれ》なる徳行でござる。別して少年の身とは云ひ――』ああ、これは又何とした事でござらうぞ。ここまで申された伴天連は、俄《にわか》にはたと口を噤《つぐ》んで、あたかも『はらいそ』（天国）の光を望んだやうに、ぢつと足もとの『ろおれんぞ』の姿を見守られた。その恭《うやうや》しげな容子はどうぢや。その両の手のふるへざまも、尋常《よのつね》の事ではござるまい。おう、伴天連のからびた頬の上には、とめどなく涙が溢れ流れるぞよ。

見られい。『しめおん』。見られい。傘張の翁。御主『ぜす・きりしと』の御血潮よりも赤い、火の光を一身に浴びて、声もなく『さんた・るちや』の門に横はつた、いみじくも美しい少年の胸には、焦《こ》げ破れた衣のひまから、清らかな二つの乳房が、玉のやうに露《あらわ》れて居るではないか。今は焼けただれた面輪《おもわ》にも、自《おのずか》らなやさしさは、隠れようすべもあるまじい。おう、『ろおれんぞ』は女ぢや。『ろおれんぞ』は女ぢや。見られい。猛火を後にして、垣《かき》のやうに佇《たたず》んでゐる奉教人衆、邪淫《じやいん》の戒《いましめ》を破つたに由《よ》つて『さんた・るちや』を逐《お》はれた『ろおれんぞ』は、傘張の娘と同じ、眼《ま》なざしのあでやかなこの国の女ぢや。（中略）『ろおれんぞ』と呼ばれた、この国のうら若い女は、まだ暗い夜のあなたに、『はらいそ』の『ぐろおりや』（栄光）を仰ぎ見て、安らかなほゝ笑みを唇に止《とど》めたまま、静に息が絶えたのでござる。

その女の一生は、この外に何一つ、知られなんだげに聞き及んだ。なれどそれが、何事でござらうぞ。なべて人の世の尊さは、何ものにも換へ難い、刹那《せつな》の感動に極《きわま》るものぢや。暗夜《やみよ》の海にも譬《たと》へようず煩悩《ぼんのう》心《しん》の空に一波《いつぱ》をあげて、未《いま》だ出ぬ月の光を、水沫《みなわ》の中に捕へてこそ、生きて甲斐ある命とも申さうず。されば『ろおれんぞ』が最期を知るものは、『ろおれんぞ』の一生を知るものではござるまいか。」

『奉教人の死』の文体と典拠

右のような梗概からなる『奉教人の死』の文体について、まず触れておく。梗概の中に引用した原文を一読して、読みなれない変わった文体が採用されていることに気がついたことであろう。作者はすでに『尾形了斎覚え書』で供述書風の候文を試み、『二つの手紙』『開化の殺人』では偶然入手した手紙の公開という形式の書簡体を採用し、『地獄変』では事件の目撃者に語らせるという説話体を試みている。多種多様な文体の使用はこの作者の大きな特色の一つだが、『奉教人の死』もその例にもれない。作者がこの小説の文体のために参考にしたものは、『南蛮記』所収の「南蛮本平家物語抄」であ

ると は、多くの研究家が指摘するところである。『南蛮本平家物語』とは『天草本平家物語』と普通呼び、一五九二年天草の切支丹学林において、「平家物語」を口語体ローマ字に抄訳し刊行したものである。

原文を引用して比較するいとまはないが、この「南蛮本平家物語抄」の文体を採用したことは、小説『奉教人の死』の上に、きわめて効果的な役割を果たしているということだけは確かである。「南蛮本平家物語抄」の古風な口語体は、この小説の性格の上から考えて最も適切な文体であるとともに、どうしても必要な文体であったといえないこともない。もちろん「南蛮本平家物語抄」の古風で素朴な文体に、作者は一種の異国風な感じと流麗さを加え、洗練された近代的文体に洗い上げていることはいうまでもない。

次にこの作品の典拠について触れておきたい。作者はこの作品の後記に、『奉教人の死』の素材は、長崎耶蘇会《やそかい》版『れげんだ・おうれあ』から得たと付記している。しかし、この長崎耶蘇会版『れげんだ・おうれあ』という書物は全く架空の書であったことは、すでに有名である。作者がなぜこのような偽書を設定したのだろうかについて考えるのは、ここでは省略する。なお、耶蘇会とはローマ旧教の発展をはかるために設立された男子修道会、イエズス会のことで、日本には一五四九年、ザビエルによって伝えられ、長崎や天草で切支丹学校を開いたり、書物の出版をしたりした。

『奉教人の死』の典拠と目される資料は今日まで多くの研究者によって、いくつか指摘されてきた。そして現在、この作品の典拠が、西欧のキリスト教聖人伝の集大成である『黄金伝説』の説話を再編して日本で出版された『聖人伝』（明治二十七年、秀英社刊）所収の「聖マリナ」伝であることが判明し、それが定説となるに至った。「聖マリナ」伝の梗概は次のようなものである。

アフリカに住むウゼノという人は、妻に死別したため、女人禁制の行者会（修道院）に入会した。しばらくして、親戚にあずけられていたその娘も名前をマリンと改め、男装してその行者会に入った。

男装の少女マリンが十七歳の時、父ウゼノは死んだが、マリンは行者会にとどまり、厳格な規則を守って行者としての務めをよく果した。やがて、行者会の食糧や日用品購入の役目を課せられたマリンは、その仕事のために、しばしば三里ほど離れた市街にでかけるようになった。その市の魚屋の娘がマリンにいいよった。しかしマリンが相手にしなかったので、彼女はマリンを恨み、ある男と姦通妊娠した末に、行者マリンが相手であると両親にいつわり告げた。一言の弁解もしなかったため、マリンは行者会から追放されてしまった。当時の法律では姦通して生まれた子供は男親が養育することになっていたので、魚屋の娘はその子をマリンに養わせた。淋しい野辺にあばらやを作り、マリンはその子と共に貧苦の生活を送った。

五年の歳月が流れ、行者たちはマリンを哀れみ、院長に乞うて、再び行者会に帰り来たらせた。マリンの姿はやせおとろえて昔の面影はなかった。そして二か月ほど後に世を去った。その沐浴の際、はじめてマリンの女であることが判明し、院長は彼女の死体を前にして、知らずして聖人を苦しめたことを謝した。魚屋の娘はこれを聞いて恐れおののき、悪魔に魅いられてなやみ苦しんだ。院長が彼女にマリンの衣服に触れさせると悪魔は退き、彼女は前非を悔いた。

刹那の感動

典拠の「聖マリナ」伝と『奉教人の死』との間には、いくつかの重要な異同が発見できる。なかでも、特に重要な改変は次の二点である。

(一)「聖マリナ」伝では、最初からマリンが女であることを読者に明かしているのに対し、『奉教人の死』では、ろおれんぞが男装の女性であることを死の直前まで読者に伏せている。

(二)「聖マリナ」伝では最後にヒロインが病死することになっているが、『奉教人の死』では、「聖マリナ」伝にはない大火の場面が設定され、その大火の中でヒロインを殉教死させている。

この二つの改変は『奉教人の死』の主題と深くかかわっている。末尾の「なべて人の世の尊さは、何ものにも換え難い、刹那の感動に極る」の一節に主題が示されている訳だが、この「刹那の感動」とは、「空をどよもして燃えしきる、万丈の焔」の中で殉教死するろおれんぞの、女であることを知った時の目撃者たちの感動を意味している。濡衣を着せた憎むべき娘の赤子の救出、娘の懺悔、女であることの判明、という大火の中で演じられた一連の劇的事件によって絶頂に達した人々の感動の瞬間を描くことに作者の意図があった。そのことのために、右の二つの改変がなされたといってよかろう。このようにして、古風な聖女の伝記は、芥川の手によって見事な文学作品に作り変えられたのである。

なお、三好行雄氏は、『奉教人の死』の主題を「人生の充実した瞬間を生きた幸福な人間と、その幸福な人間に対するおのれの感動をえがいた」としている。

舞踏会

芥川龍之介の歴史ものの中で「開化期物《かいかきもの》」と呼ばれる作品には『舞踏会』のほかに、『開化の殺人』『開化の良人』『お富の貞操』などがあるが、『舞踏会』はこの中での佳作で、短いが美しい小説である。「開化期物」と呼ばれるのは、これら一連の作品が、明治初期の世相風俗を背景としているからである。

『舞踏会』は大正九年一月の「新潮」に発表された。汽車の中で、面識のある老夫人から聞いた話であるという体裁をとっているが、これは作者の仮構で、直接にはピエール＝ロチの『秋の日本』所収の「江戸の舞踏会」に材料を得ている。作者が、その英訳本を参照したか、それとも『秋の日本』の翻訳本『日本印象記』（大正三年刊、高瀬俊郎訳）を参照したかははっきりしない。河盛好蔵氏と安田保雄氏は『日本印象記』を参照したとし、三好行雄氏は英訳本を参照した可能性が強いとされている。ピエール＝ロチは本名をジュリアン＝ヴィオといい、フランスの小説家であり、また海軍将校であった。世界中を旅行し、異国趣味に富む小説を書いた。明治十八年日本を訪れ、十一月三日の鹿鳴館の夜会に招待され出席した。この間の見聞にもとづいて、小説『お菊夫人』、印象記『秋の日本』を書いた。明治三十三年、ふたたび日本を訪問している。

舞踏会の追憶 ―第一部―

さて、短編小説『舞踏会』は、第一部と第二部とに分けられているが、次は第一部の冒頭の部分である。

「明治十九年十一月三日の夜であつた。当時十七歳だつた――家《け》の令嬢明子は、頭の禿げた父親と一しよに、今夜の舞踏会が催さるべき鹿鳴館《ろくめいかん》の階段を上つて行つた。明い瓦斯《ガス》の光に照らされた、幅の広い階段の両側には、殆《ほとんど》人工に近い大輪の菊の花が、三重の籬《まがき》を造つてゐた。菊は一番奥のがうす紅《べに》、中程のが濃い黄色、一番前のがまつ白な花びらを流蘇《ふさ》の如く乱してゐるのであつた。さうしてその菊の籬《まがき》の尽きるあたり、階段の上の舞踏室からは、もう陽気な管絃楽の音《ね》が、抑へ難い幸福の吐息《といき》のやうに、休みなく溢れて来るのであつた。

明子は夙《つと》に佛蘭西語《ふらんすご》と舞踏との教育を受けてゐた。が、正式に舞踏会に臨むのは、今夜がまだ生まれて始めてであつた。だから彼女は馬車の中でも、折々話しかける父親に上《うわ》の空の返事ばかり与へてゐた。それ程彼女の胸の中には、愉快なる不安とでも形容すべき、一種の落着かない心もちが根を張つてゐたのであつた。彼女は馬車が鹿鳴館の前に止るまで、何度いら立たしい眼を挙げて、窓の外に流れて行く東京の町の乏しい燈火《ともしび》を、見つめた事だか知れなかつた。」

作者はまず鹿鳴館の舞踏会に急ぐ十七歳の少女、明子の姿を点出する。鹿鳴館とは、明治十六年、内外人交歓の社交クラブとして設けられた洋風建物で、華族及び外国使臣に限って入館が許され、夜会・舞踏会などが催されていた。大輪の菊の花で飾られたその鹿鳴館の階段を、薔薇色の舞踏服を着た明子は、開化期の日本の少女の美を遺憾なく発揮して、父親とともに登って行った。すれちがう人々は、明子のういういしい美しさに思わずふりかえるのであった。階段を登りきった明子はやがて舞踏室にその清楚な姿を現わした。舞踏室の中にも、菊の花が美しく咲き乱れ、一面に芳香がただよっていた。

明子が、水色や薔薇色の舞踏服を着た同年輩の少女たちの群の中に入って行った時、見知らないフランスの海軍将校が静かに歩み寄って来た。そうして、彼女に踊りの相手を頼むのであった。この海軍将校がジュリアン＝ヴィオ（ピエール＝ロチ）である。明子はもちろん、彼がフランスの小説家でもあるとは知らない。明子は彼と「美しく青きダニューブ」のヴァルスを踊り、会話を取りかわし、踊りの後でアイスクリームを一緒に食べた。アイスクリームのさじを動かしながら明子は「私も巴里《ぱり》の舞踏会へ参つてみたうございますわ」と言った。その無心な少女の言葉に対して、その海軍将校は「いいえ、巴里の舞踏会も全くこれと同じ事です」「巴里ばかりではありません。舞踏会は何処《どこ》でも同じ事です」と皮肉な微笑を瞳の底に浮かべてつぶやくのだった。はなやかな舞踏会ではあるが、海軍将校の心は決して浮き立っているわけではない。そういう彼の気持を一瞬でも忘れさせ、陶酔に近い心持に誘い込んでくれるのは、この美しい日本の少女であった。二人の間には、淡いが、しっとりと落ち着いた感情が生まれていた。やがて二人は舞踏室の外にある露台にたたずんで、星月夜の空に打ち上げられる花火に見入っていた。

「一時間の後、明子と仏蘭西の海軍将校とは、やはり腕を組んだ儘《まま》、大勢の日本人や外国人と一しよに、舞踏室の外にある星月夜の露台に佇《たたず》んでゐた。

欄干《らんかん》一つ隔てた露台の向うには、広い庭園を埋めた針葉樹が、ひつそりと枝を交し合つて、その梢に点々と鬼灯提燈《ほおずきじょうちん》の火を透《す》かしてゐた。しかも冷かな空気の底には、下の庭園から上つて来る苔の匂《におい》や落葉の匂が、かすかに寂しい秋の呼吸を漂はせてゐるやうであつた。が、すぐ後の舞踏室では、やはりレエスや花の波が、十六菊を染め抜いた紫縮緬《むらさきちりめん》の幕の下に、休みない動揺を続けてゐた。さうして又調子の高い管絃楽のつむじ風が、相不変《あいかわらず》その人間の海へ、用捨もなく鞭《むち》を加へてゐた。

勿論《もちろん》この露台の上からも、絶えず賑《にぎやか》な話し声や笑ひ声が夜気を揺《ゆす》つてゐた。まして暗い針葉樹の空に美しい花火が揚る時には、殆人《ほとんど》どよめきにも近い音が、一同の口から洩《も》れた事もあつた。その中に交つて立つてゐた明子も、其処《そこ》にゐた懇意《こんい》の令嬢たちとは、さつきから気軽な雑談を交換してゐた。が、やがて気がついて見ると、あの仏蘭西の海軍将校は、明子に腕を借した儘《まま》、庭園の上の星月夜へ黙然《もくねん》と眼を注いでゐた。彼女にはそれが何となく、郷愁でも感じてゐるやうに見えた。そこで明子は彼の顔をそつと下から覗きこんで、

『御国の事を思つていらつしやるのでせう。』と半ば甘えるやうに尋ねて見た。

すると海軍将校は相不変《あいかわらず》微笑を含んだ眼で、静に明子の方へ振り返つた。さうして『ノン』と答へる代りに、子供のやうに首を振つて見せた。

『でも何か考へていらつしやるやうでございますわ。』

『何だか当てて御覧なさい。』

その時露台に集つてゐた人々の間には、又一しきり風のやうなざわめく音が起り出した。明子と海軍将校とは云ひ合せたやうに話をやめて、庭園の針葉樹を圧してゐる夜空の方へ眼をやつた。其処《そこ》には丁度赤と青との花火が、蜘蛛手《くもで》に闇を弾《はじ》きながら、将《まさ》に消えようとする所であつた。明子には何故《なぜ》かその花火が、殆《ほとん》ど悲しい気を起させる程それ程美しく思はれた。

『私は花火の事を考へてゐたのです。我々の生《ヴィ》のやうな花火の事を。』

暫くして仏蘭西《フランス》の海軍将校は、優しく明子の顔を見下しながら、教へるやうな調子でかう云つた。」

生《ヴィ》のような花火

以上が『舞踏会』の第一部である。引用した原文の中の「私は花火の事を考へてゐたのです。我々の生《ヴィ》のやうな花火の事を」というフランス海軍将校の言葉の中に、この作品の主題が語られている。この海軍将校の言葉は、小説家ピエール＝ロチの心であり、同時に作者芥川の心でもある。舞踏会というような、はなやかなものに完全になじめないこの小説家でもある海軍将校は、夜空をはじいてたちまち消える美しい花火を、人生にたとえたのだった。闇空《やみぞら》に突然きらめいて、たちまちのうちに闇に消えて行く花火に似たはかない人生。そのはかない人生の美しく花ひらいた瞬間、その瞬間こそ、『舞踏会』の十七歳の少女、明子にあてはまるといえよう。舞踏会の夜、周囲の人々の眼を見はらせ、開化の日本の少女の美を遺憾なく具《そな》えた明子は、はかない人生の美しく花ひらいた一瞬間の明子である。フランスの海軍将校は人生のはかなさを思いながら、このようにも明子を眺めていたであろう。

作者は、この第一部の後に、老いた明子と青年の会話からなる第二部をもうけ、人生の憂愁《ゆうしゅう》をいっそう強くにじみ出させているのである。そしてまた、打ち上げられた花火のきらめきにも似た人生の美しいある瞬間を、より強く印象づけているのである。

第二部の全文を引用しよう。

「大正七年の秋であつた。当年の明子は鎌倉の別荘へ赴く途中、一面識のある青年の小説家と、偶然汽車の中で一しよになつた。青年はその時編棚の上に、鎌倉の知人へ贈るべき菊の花束を載せて置いた。すると当年の明子――今のH老夫人は、菊の花を見る度に思ひ出す話があると云つて、詳しく彼に鹿鳴館の舞踏会の思ひ出を話して聞かせた。青年はこの人自身の口からかう云ふ思出を聞く事に、多大の興味を感ぜずにはゐられなかつた。

その話が終つた時、青年はH老夫人に何気なくかう云ふ質問をした。

『奥様はその仏蘭西の海軍将校の名を御存知ではございませんか。』

するとH老夫人は思ひがけない返事をした。

『存じて居りますとも。Julien Viaud と仰有《おつしや》る方でございました。』

『では Loti だつたのでございますね。あの「お菊夫人」を書いたピエル・ロティだつたのでございますね。』

青年は愉快な興奮を感じた。が、H老夫人は不思議さうに青年の顔を見ながら何度もかう呟くばかりであつた。

『いいえ、ロティと仰有る方ではございませんよ。ジュリアン・ヴィオと仰有《おつしや》る方でございますよ。』

効果的な役割
―第二部―

第一部で十七歳の少女として登場した明子は、第二部では、H老夫人となって登場する。読者は、第二部を読むことにより、第一部がH老夫人となった明子の思い出話であることを知り、また同時にこの老夫人が十七歳の少女の時、鹿鳴館の舞踏会で踊った相手は、フランスの小説家ピエール＝ロチであったことを知る。作者芥川は、第一部でも十分に独立した美しい作品になり得ているのに、さらに第二部をもうけて、完璧な短編小説の世界を作り上げた。

第二部を読み終わって、読者は第一部での海軍将校の「生のやうな花火を」という言葉を、小説家ピエール＝ロチの言葉としていっそう味わい深く受け取るであろう。そうして、ういういしい美しさを持った十七歳の明子と老夫人明子とのあざやかな対比に気づくであろう。「青年はこの人自身の口からかう云ふ思出を聞く事に、多大の興味を感ぜずにはいられなかつた。」という一節と、海軍将校ジュリアン＝ヴィオは小説家ピエール＝ロチである、と老夫人が知らなかったということから、あの華やかな舞踏会以後の索漠《さくばく》として平凡であったろう彼女の半生を、読者は想像するかもしれない。作者は第二部で、あの夜のはなやかさとは対照的であったろうそれ以後の平凡な彼女の半生を暗示して、舞踏会の夜の花火のように美しく花ひらいた彼女の人生の一瞬を、より強く印象づけようとしたのである。

小説家である青年は、老夫人の追憶の中に生きる海軍将校が、小説家ピエール＝ロチであったことを知り、愉快な興奮を感じた。それは容易に会うすべもない外国の小説家とこの老夫人が直接交渉を持ったことを知って、愉快な興奮を覚えたのである。しかし、老夫人明子は、忘れられぬフランスの海軍将校がピエール＝ロチであると知らされても、一向に感興を覚えなかった。ただ「いえ、ロティと仰有る方ではございませんよ。ジュリアン・ヴィオと仰有る方でございますよ」と、つぶやくだけだった。老夫人明子にとっては、忘れられぬ相手が、一介の海軍将校であろうが、高名な小説家であろうが、どちらでもよいことであった。どちらであっても、あの夜の感動の深さは変わらないのであり、あの夜の美しくはなやかな人生は帰っては来ないのである。十七歳の少女明子によく理解できなかった「我々の生《ヴィ》のやうな花火の事を」という あの夜の海軍将校の言葉が、老夫人明子には今はっきり実感されているのである。

この作品は、はじめ「新潮」に発表されたとき、第二部の

「『奥様はその仏蘭西の海軍将校の名を御存知ではございませんか。』

するとH老夫人は思ひがけない返事をした。」

に続く最後の数行が次のようになっていた。

「存じて居りますとも。Julien Viaud と仰有る方でございました。あなたも御承知でゐらつしやいませう。これはあの『お菊夫人』をお書きになつたピエル・ロティと仰有《おつしや》る方の御本名でございますから。」

この部分と前に引用した改稿後の最後の部分を読みくらべてみると、改めたものの方がはるかに効果的な役割を果たしているといえよう。改稿することによって、短編小説『舞踏会』に流れる哀愁と感傷はよりいっそう深まったのである。

なお、ピエール＝ロチの印象記『秋の日本』は、角川文庫に『秋の日本』（村上菊一郎・吉永清共訳　昭二八刊）として収められている。

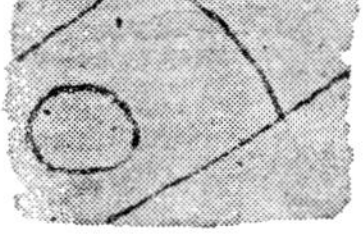

杜子春

『杜子春《とししゅん》』は大正九年七月、童話雑誌「赤い鳥」に発表された。中国の有名な伝奇小説『杜子春伝』（鄭還《ていかん》古撰著　作者については李復言という説もある）を素材とし、それに作者の想像をまじえて創作化した作品で、『蜘蛛の糸』と並んで、作者の全童話中の秀作である。

作者芥川龍之介の学才は古今東西にわたっているが、東洋芸術への趣味も年とともに深まって行き、大正八年ごろから特にその傾向が著しい。『秋山図《しゅうざんず》』なども、作者の中国絵画に対する造詣《ぞうけい》の結果、生まれた作品であるとは前にも書いた。この『杜子春』も中国文学への精通の結果、書かれた作品といってよい。

『杜子春』の梗概

「或《ある》春の日暮です。

唐《とう》の都洛陽《らくよう》の西の門の下に、ぼんやり空を仰いでゐる、一人の若者がありました。

若者は名は杜子春といつて、元は金持の息子でしたが、今は財産を費《つか》ひ尽《つく》して、その日の暮しにも困る位《くらい》、憐《あわれ》な身分になつてゐるのです。

何しろその頃洛陽《ころらくよう》といへば、天下に並ぶもののない、繁昌を極《きわ》めた都ですから、往来にはまだしつきりなく、人や車が通つてゐました。（中略）

しかし杜子春は相変らず、門の壁に身を凭《もた》せて、ぼんやり空ばかり眺めてゐました。空には、もう細い月が、うらうらと靡《なび》いた霞の中に、まるで爪の痕《あと》かと思ふ程、かすかに白く浮んでゐるのです。

『日は暮れるし、腹は減るし、その上もうどこへ行つても、泊めてくれる所はなささうだし――こんな思ひをして生きてゐる位なら、一そ川へでも身を投げて、死んでしまつた方がましかも知れない。』

杜子春はひとりさつきから、こんな取りとめもないことを思ひめぐらしてゐたのです。

するとどこからやつて来たか、突然彼の前へ足を止めた、片目眇《すがめ》（片目が不具で、めっかち）の老人があります。それが夕日の光を浴びて、大きな影を門へ落すと、じつと杜子春の顔を見ながら、

『お前は何を考へてゐるのだ。』と、横柄に言葉をかけました。

『私ですか。私は今夜寝る所もないので、どうしたものかと考へてゐるのです。』

老人の尋ね方が急でしたから、杜子春はさすがに眼を伏せて、思はず正直な答をしました。

『さうか。それは可哀さうだな。』

老人は暫く何事か考へてゐるやうでしたが、やがて、往来にさしてゐる夕日の光を指さしながら、

『ではおれが好《い》いことを一つ教へてやらう。今この夕日の中に立つて、お前の影が地に映つたら、その

頭に当る所を夜中に掘つて見るが好い。きつと車に一ぱいの黄金が埋まつてゐる筈《はず》だから。』

『ほんたうですか。』

杜子春は驚いて、伏せてゐた眼を挙げました。所が更に不思議なことには、あの老人はどこへ行つたか、もうあたりにはそれらしい、影も形も見当りません。その代り空の月の色は前よりも猶《なお》白くなつて、休みない往来の人通りの上には、もう気の早い蝙蝠《こうもり》が二三匹ひらひら舞つてゐました。」


これが『杜子春』の冒頭の部分である。老人の言葉どおり、杜子春は夕日に影を映して、その頭にあたる所を夜中にそっと掘ってみたら、おびただしい量の黄金が出てきた。彼はその日のうちに洛陽の都でもただ一人という大金持になった。杜子春はさっそく立派な家を買って贅沢《ぜいたく》な生活を始めた。今まで道で行き合っても挨拶さえしなかった友達などが遊びにやって来て、その友達を相手に杜子春の家では毎日盛大な酒盛《さかもり》が開かれた。あまりにも贅沢な生活のため、一、二年のうちに杜子春はだんだん貧乏になり、毎日遊びに来ていた友だちの足も遠のき、やがて杜子春の家の門前を通っても挨拶一つしなくなった。三年目に以前のように一文なしになった杜子春は、また洛陽の西の門の下にぼんやり立っていた。すると、三年前に現われた老人が再び姿を見せ、「夕日に映るお前の影の胸に当る所を掘ってみるがよい」と言った。そのとおりにすると、前と同じように沢山の黄金が地中から出てき、またもや杜子春は洛陽の大金持になった。と同時に、彼は相変《あいかわ》らずしほうだいの贅沢な生活をはじめたので、三年の内にまた無一文の身になってしまった。友達の杜子春に対する態度もまた前と同じであった。

洛陽の西の門の下に三度立った杜子春の前に、例の老人は三度姿を現わした。そうして、「お前の影が地に映ったら、その腹に当る所を、夜中に掘って見るが好い。」と言うと、杜子春は「お金はもう入らないのです。」と答えた。老人が、「ははあ、では贅沢をするのにはとうとう飽きてしまったと見えるな。」とたずねると、杜子春は「贅沢に飽きたのじゃありません。人間というものに愛想がつきたのです。」と言い、更につづけて、「人間は皆薄情です。私が大金持になった時には、世辞も追従もしますけれど、いったん貧乏になってご覧なさい。柔しい顔さえもして見せません。」と答えた。そう答えたあとで、杜子春は、仙人になりたいから、あなたの弟子にしてくれ、と老人に依頼した。仙人であるその老人は杜子春の願いを聞き入れた。人間への不信感と絶望感を持つ杜子春は、人間であることを放棄し、仙人になることを望んだのである。

やがて、仙人であるその老人は杜子春を峨眉山《がびざん》に連れて行った。そうして老人は、「お前をたぶらかそうとして色々な魔性が現われるだろうが、どんなことがあっても声を出すな。もし一言でも口をきいたら、お前はとうてい仙人にはなれないものだと覚悟をしろ。」と言うと姿を消してしまった。一言も口をきいてはならないという戒めを与えられた杜子春の前に、恐ろしい魔物が姿を現わし、彼をおびやかした。それらの試練によく耐えた杜子春は、次に地獄に落とされ、閻魔《えんま》大王の前に引き据えられた。老人の戒めを守って一言も口をきかない杜子春を怒った閻魔大王は、剣の山や、血の池や、あるいは焦熱地獄や極寒地獄に彼をほうりこみ、さまざまの苦しみを与えた。しかし彼は一言も口をきかなかった。最後に、死んでから馬の姿にさせられた杜子春の父母を、彼の目の前で、鉄の鞭をもって、打ちはじめた。彼の父母は、鉄の鞭で打たれ、肉は裂け息も絶え絶えになった。杜子春は必死になって、老人の戒めの言葉を思い出しながら、かたく眼をつぶっていると、ほとんど声とはいえないくらい、かすかな声が杜子春の耳に伝わってきた。

『心配をおしでない。私たちはどうなつても、お前さへ仕合せになれるのなら、それより結構なことはないのだからね。大王が何と仰《おつしや》つても、言ひたくないことは黙つて御出で。』

それは確《たしか》に懐《なつか》しい、母親の声に違ひありません。杜子春は思はず、眼をあきました。さうして馬の一匹が、力なく地上に倒れた儘《まま》、悲しさうに彼の顔へ、ぢつと眼をやつてゐるのを見ました。母親はこんな苦しみの中にも、息子の心を思ひやつて、鬼どもの鞭に打たれたことを、怨《うら》む気色《けしき》さへも見せないのです。大金持になれば御世辞を言ひ、貧乏人になれば口も利かない世間の人たちに比べると、何といふ有難い志でせう。何といふ健気《けなげ》な決心でせう。杜子春は老人の戒めも忘れて、転《まろ》ぶやうにその側《そば》へ走りよると、両手に半死の馬の頸《くび》を抱いて、はらはらと涙を落しながら、『お母さん。』と一声《ひとこえ》を叫びました。……

その声に気がついて見ると杜子春はやはり夕日を浴びて、洛陽の西の門の下に、ぼんやり佇《たたず》んでゐるのでした。霞《かす》んだ空、白い三日月、絶え間ない人や車の波、――すべてがまだ峨眉山へ、行かない前と同じことです。

『どうだな。おれの弟子になつた所が、とても仙人にはなれはすまい。』

片目眇《すがめ》の老人は微笑を含みながら言ひました。

『なれません。なれませんが、しかし私はなれなかつたことも、反《かえ》つて嬉しい気がするのです。』

杜子春はまだ眼に涙を浮べた儘《まま》、思はず老人の手を握りました。

『いくら仙人になれた所が、私はあの地獄の森羅殿《しんらでん》の前に、鞭を受けてゐる父母《ちちはは》を見ては、黙つてゐる訳には行きません。』

『もしお前が黙つてゐたら――』と鉄冠子《てつかんし》（その仙人の名）は急に厳《おごそか》な顔になつて、ぢつと杜子春を見つめました。

『もしお前が黙つてゐたら、おれは即座にお前の命を絶つてしまはうと思つてゐたのだ。――お前はもう仙人になりたいといふ望も持つてゐまい。大金持になることは、元より愛想がつきた筈《はず》だ。ではお前はこれから後、何になつたら好いと思ふな。』

『何になつても、人間らしい、正直な暮しをするつもりです。』

杜子春の声には今までにない晴れ晴れした調子が罩《こも》つてゐました。」

その言葉を忘れるなよ、と老人は言い残し、杜子春の新しい人生の出発を祝福する意味で、泰山《たいざん》の南の麓にある一軒の家を畑ごと彼に与えることを約束して姿を消した。

以上がこの作品の梗概である。

原話『杜子春伝』の梗概

次にこの作品の主題を考えてみたいが、その前に原話である『杜子春伝』の梗概を述べ、両者を比較しながら考えた方が、いっそう明確な理解が可能だと思う。それで、『杜子春伝』の梗概を次に記してみる。

「杜子春は中国の周から隋のころの人だつた。若いころから放蕩《ほうとう》にふけつて、資産を失い、親類からも相手にされなくなつた。破れた衣服を着、空腹をかかえながら、長安の町をさまよつていると一人の老人に会つた。老人は杜子春に大金を与えて、経済的に彼を救つてくれた。しかし杜子春はまた放蕩にふけり、一、二年でおちぶれてしまつた。そして再び老人によつて救われるが、生れつきの放蕩癖《へき》はいかんともしがたく、三、四年して与えられた大金を使い果してしまう。三度老人に助けられた杜子春は、老人の恩に報いるため、与えられた大金を社会事業に使い、自分の体を老人の意のままに任せると約束した。その金で慈善事業に力を尽した彼は約束通り仙人のもとに赴《おもむ》いた。老人は杜子春に仙術を授けるため、どんな事が起ろうと一言も口をきくな、と命じ、さまざまな試練を課した。一人の大将軍に率いられた数百人の軍勢が矢を射、剣をふるつても、怪獣が襲い、ものすごい雷雨や洪水でせめられても、自分の妻が拷問《ごうもん》で苦しめられても、杜子春は一言も発しなかつた。このような幾多の試練に耐えた彼は殺されて地獄に落され、あらゆる苦しみを受けたが、最後に、閻魔大王は杜子春を女にして再びこの世に送り出した。杜子春は宋州のある家に女として生まれ変つた。生まれつき多病だが、火傷《やけど》してもついに声を発しなかつた。美人であつたため、望まれて結婚し、男の子を産んだ。夫は子供を抱いて妻の杜子春に見せるが、杜子春はあいかわらず無言であつた。夫は怒つて、それほど妻にいやしめられているのなら、この子を用いても口をきかせてやろう、と言つて、子供の頭を石に打ちつけた。子供の頭はくだけ、血汐《ちしお》はあたりに飛び散つた。杜子春は子供への愛情のため、老人との約束を忘れ、思わず声を発した。その声が終るか終らないうちに、杜子春の体はもとの所にすわつていた。

老人は、お前が声を発しなかつたらば、自分の仙薬も完成し、お前も仙人になれたものを、といい、杜子春を人間の世界へ帰らせた。杜子春は自分が誓を忘れた事を恥ずかしく思い、過《あやま》ちをつぐなうために自ら修行にはげみ、再び老人を訪れるが、もう老人の姿は見出すことができなかつた。」

以上が『杜子春伝』の大体の梗概であるが、これと芥川の『杜子春』とを比較して、その相違をみてみよう。

『杜子春』と『杜子春伝』の比較

両者に共通している根本的な点は、主人公がともに仙人を志し、さまざまな試験を課せられるが、最後に愛の試験に失敗するというところであろう。しかし、両者の大きな差異は、杜子春の仙人を志す動機であり、そしてまたその結末である。特にその結末の相違は両者の主題に非常な違いを生む原因となっているので重要であるといわねばならない。

まず仙人を志す動機について考えてみると、『杜子春伝』では、生まれつきの放蕩癖を持つ杜子春が、世の中に生活して行く上での自己の不適格性を悟り、恩恵を受けた老人に自己の身を任《まか》せるのである。この杜子春においては、やむにやまれぬ気持ちから仙人を志願したのではない。老人の温い情けに報いるために、自分の身を仙人である老人に任せたのである。切実な欲求から仙人を志願したのでもなければ、人間への不信や絶望から仙人になることを決意したのでもない。

ところが芥川の杜子春は、財産を使い果たし、老人の恩恵を受けることは同様だが、仙人志願の動機は、人間に対する不信や人間性に対する絶望の中から生まれたものである。富の前には追従するが、貧乏になると目もくれない人間の薄情さに愛想がつきて、仙人を志したのである。人間に絶望し、人間であることにいたたまれず、人間の世界から脱出しようとしたのが芥川の杜子春である。だから芥川の杜子春の方が、原話の杜子春よりもはるかに切実な欲求を、その動機に持っていたと言えよう。

次にその結末について考えてみると、『杜子春伝』では、主人公に愛の心が生じたため、仙人は仙薬を作ることができず失望し、主人公は老人の恩に報いることができなかった上に仙人にもなれなかったことを恥じている。そこでは、肉親の愛はなににもまして強く、断《た》ちがたいものであるということが語られているにすぎない。

ところが、芥川の『杜子春』ではどうであろう。芥川の杜子春は仙人になれなかったことをかえって喜んでいる。この杜子春は、馬の姿にされ、鞭で打たれながらも、我が子のことを思っている母親の愛情の深さを知らされ、老人の戒めを忘れて、お母さん、と叫び、仙人になる望みをいさぎよく捨ててしまった。一度は人間への不信と絶望から仙人を志した杜子春ではあったが、母親の深い愛によって、杜子春の心には人間への信頼感が生まれて来たのであった。芥川の『杜子春』の最後に、決して口をきくなと命じた仙人が、「もしお前が黙つてゐたら、おれは即座にお前の命を絶つてしまはうと思つてゐたのだ」と言い、杜子春が、「人間らしい正直な暮しをするつもりです」と答えるところがある。ここの部分から、愛とか苦しみとかを超越した仙人の世界に生きるより、人間と人間との深い信頼の上に立って、暖かい愛情で互いをつつみながら生活することの方がはるかに幸福であると、杜子春は考え、作者もまたそう考えていることが理解されよう。

以上二つの作品を比較しながら、作者芥川が、原話『杜子春伝』をどのように創作化し、どのような主題を持った『杜子春』に作り上げたかを考えてきた。この作品の主題は、人間への不信と絶望から出発した杜子春が、母の愛によって人間への信頼をとりもどし、人間らしく生きようと決意する過程にあるといえよう。

なお、つけ加えるまでもないが『杜子春』は『杜子春伝』に材料を抑いでいるとはいえ、原話の世界とは全くちがった世界に作り上げられていて、そこには原話にない気品さと倫理的な美しさとがただよっているのである。

藪の中

『藪《やぶ》の中』は大正十一年、「新潮」一月号に発表された、作者中期の佳作である。この年の一月号には、「新潮」のほか、「中央公論」に『俊寛』を、「改造」に『将軍』を、「新小説」に『神神の微笑』を発表している。当時の一流雑誌の新年号にそれぞれ四つの作品を掲載していることは、いかに作者が文壇に重い地位を占めていたかが理解される。ところが翌年の新年号には作者の名前は全く見当たらない。大正十年の中国旅行のために害した健康が急激に悪化し、執筆を断わったのである。『藪の中』は、ヴェニスでの一九五一年度の国際映画祭において、日本最初のグラン・プリ受賞の映画『羅生門』(黒沢明監督、昭二五)の原作としてにわかに広く読まれるようになった。

一つの死体をめぐる七人の証言

この作品は、ある事件をめぐって、七人の人物を登場させ、各人各様の意見や解釈を述べさせ、事件の真相に迫って行く技巧的手法が用いられて展開している。まず、木樵《きこり》、旅法師、放免、真砂《まさご》の母が次々と、検非違使《けびいし》に向かって、事件の跡に残された現場の状況と事件の当事者を明らかにする。放免とは検非違使の下役人で、軽罪で禁獄され、後《のち》放免されて、犯人逮捕などに従事したものであり、検非違使とは今の警察官と裁判官を合わせた仕事をする役人のことをさす。ところで、四人の証言で事件の輪郭が浮かび上がったところへ、事件の当事者である多襄丸《たじょうまる》、武弘《たけひろ》の妻真砂、巫女《みこ》の口を借りた死霊である武弘を登場させ、それぞれの立場から、この事件に解決を与えるであろう証言をさせている。

最初の登場人物である木樵は、検非違使の問いに対して、次のように証言する。

「さやうでございます。あの死骸《しがい》を見つけたのは、わたしに違ひございません。わたしは今朝何時《いつ》もの通り、裏山の杉を伐《き》りに参りました。すると山陰《やまかげ》の藪の中に、あの死骸があつたのでございます。あつた処《とこ》でございますか？　それは山科《やましな》の駅路からは、四五町程隔《へだ》たつて居りませう。竹の中に痩せ杉の交《まじ》つた、人気《ひとけ》のない所でございます。

死骸は縹《はなだ》（藍色の薄いもの）の水干《すいかん》（狩衣の一種。民間の常用服）に、都風のさび烏帽子《えぼし》をかぶつた儘《まま》、仰向けに倒れて居りました。何しろ一刀《ひとかたな》とは申すものの、胸もとの突き傷でございますから、死骸のまはりの竹の落葉は蘇芳《すおう》（赤紫色）に滲《し》みたやうでございます。いえ、血はもう流れては居りません。傷口も乾《かわ》いて居つたやうでございます。おまけに其処《そこ》には、馬蠅《うまばえ》が一匹わたしの足音も聞えないやうに、べつたり食ひついて居りましたつけ。

太刀《たち》か何かは見えなかつたか？　いえ、何もございません。唯《ただ》その側の杉の根がたに、縄《なわ》が一筋落ちて居りました。それから、——さうさう、縄の外にも櫛《くし》が一つございました。死骸のまはりにあつたものは、この二つぎりでございます。が、草や竹の落葉は、一面に踏み荒されて居りましたから、きつとあの男は殺される前に、余程《よほど》手痛い働きでも致したのに違ひございません。何、馬はゐなかつたか？ あそこには一体《いつたい》馬なぞには、はひれない所でございます。何しろ馬の通ふ路とは、藪一つ隔たつて居りますから。」

この木樵《きこり》の証言の後、旅法師、放免、真砂の母の順で証言が続き、この事件について、次のような事実が明らかにされる。

㈠殺された男の死骸が藪の中にあった。㈡男は金沢武弘といい、真砂という妻と若狭に向かって旅をしていたが、人から恨みを受けるような男ではない。㈢武弘の持っていた太刀は失われ、また弓矢と真砂の乗っていた馬は、多襄丸という名高い盗人が持っていた。㈣武弘の妻真砂の行方はわからない。㈤武弘の死骸には胸もとに一刀の突き傷があった。㈥死骸の横たわった現場は踏み荒され、格闘のあとが歴然としている。㈦現場に残された遺留品は縄一筋と、櫛一つの合計二つである。㈧多襄丸は放免に搦《から》め取られた。

以上が四人の証人の言葉を整理すると浮かび上がってくる事実である。しかし、この四人は殺人事件の当事者ではないので、どのようにして殺人事件が起こり、その犯人は誰なのか、動機は何か、について判断は容易に下せないのである。ところで、この四人の証言に基づいて、最も常識的な解釈を下すならば、若狭に向かって旅をしていた武弘、真砂の夫婦は、盗人多襄丸に襲われ、持ち物を奪われた上、武弘は殺され、妻の真砂は多襄丸に連れ去られた、ということぐらいになるであろう。はたして真相はどうなのだろうか。殺人の下手人は本当に多襄丸であろうか。作者はこのように推理小説的な興味を読者に与えながら、物語を展開して行く。ここまでが、いわば前提ともいうべき部分で、次からが本論ともいうべき部分であろう。

本論で、作者は、常識的に考えて、四人の証言から殺人犯人と思われる盗人多襄丸に証言させ、ついで行方不明であった真砂を登場させて告白をさせ、最後に死骸となって転《ころ》がっていた武弘の死霊が巫女《みこ》の口を借りて証言するという形式で告白をさせ、この事件の真相に迫ろうとしている。事件の当事者たち三人による告白は、この殺人事件に解決をもたらしたであろうか。以下三人の告白を要約してみよう。

三人の当時者による告白は、多襄丸の告白から始まる。

多襄丸の白状――まず最初に「あの男を殺したのはわたしです。しかし女は殺しはしません。」と自白し、つづいて、私があの夫婦に会ったのは昨日の午《ひる》少し過ぎであった。夫婦を一回見て、私は女を奪おうと決心した。男を欺いて組み伏せ、木の根に縛《しば》りつけてから、女を犯した。そのまま立ち去ろうとすると、女が腕にすがりつき、二人の男に恥を見せるのは死ぬよりつらい、どちらか一人死んでくれ、生き残った男につれ添いたいと言った。私はその女の夫と決闘することにし、男の縄を解いて、男と斬り結んだ。私の太刀は男の胸を貫き、男は倒れた。女は私たちが斬り結んでいる間に姿を消した。私は太刀と弓矢、そして馬を奪って去った。これが多襄丸の自白である。

次に、行方不明だった真砂には、清水寺に姿を現わして懺悔《ざんげ》したという形で、告白させている。

清水寺に来れる女の懺悔（真砂）――私は夫の目の前で犯された。犯された後、夫を見ると夫の眼には私を蔑《さげす》む冷たい光があった。それを見た時、私は気絶してしまった。しばらくして気がついたが、私を犯した男は立ち去ったのか、姿は見えなかった。私は縛られたままの夫に、一緒に死んでくれと頼んだ。夫は私に冷たい蔑みの眼を向けたまま「殺せ」と一言いった。私は夫の胸を小刀で刺した。それから、死んだ夫の縄を解き、夫の後を追って死のうと試みたが、どうしても死にきれなかった。これが真砂の告白である。

最後に、作者は武弘の死霊を登場させている。死霊は巫女《みこ》の口を借りて、次のように物語る。

巫女の口を借りたる死霊の物語(武弘)——盗人は妻を手ごめにしたあと、やさしく妻を口説いた。妻は「では夫を殺して下さい」と叫んだ。すると盗人は妻を蹴倒《けたお》して、「あの女はどうするつもりだ？　殺すか、それとも助けてやるか？返事は唯《ただ》頷けば好い。殺すか？」と俺に向かって言った。俺がためらっているうちに、妻は逃げた。盗人は立ち去る前に、俺の縄を一か所だけ切っておいてくれた。おれは縄をほどき、妻の落としていった小刀を拾いあげ、俺の胸につき刺した。意識がうすれていった。武弘の死霊はこのように物語りながら、最後を次のように結んでその告白を終わっている。

「その時誰か忍び足に、おれの側へ来たものがある。おれはそちらを見ようとした。が、おれのまはりには、何時《いつ》か薄闇が立ちこめてゐる。誰か、——その誰かは見えない手に、そつと胸の小刀《さすが》を抜いた。同時におれの口の中には、もう一度血潮が溢れて来る。おれはそれぎり永久に、中有《ちゅうう》の闇へ沈んでしまつた。」

これが『藪の中』の梗概である。問題は事件の真相は一体どうなのかということにしぼられよう。

例えば、福田恆存氏は真相を「多襄丸は女を犯した後、その残虐な興奮状態から、武弘を刺して逃げ去った」と考える。大岡昇平氏は「死者は生者のように、現世に利害を持っていない。それは刑死を覚悟した犯罪者、懺悔する女よりも、真実を語っていると見なしてよい」として、武弘の死霊の陳述が真相を語っているとする。高田瑞穂氏、浅井清氏も武弘自殺説である。長野甞一氏は「自殺説がこの場合最もふさわしくない」が、「作者芥川はこの武弘の心境に大きなシンパシイを寄せている」とする。駒尺喜美氏は「真実は作者にも分らない。始めからそれは想定されていない」という。

人間への不信

多襄丸の陳述に従うとすれば、彼が打ち落したという真砂の小刀を誰が持ち去ったか、「生き残った男につれ添ひたい」と言った真砂が、何故、決闘中に姿を消したのか、などの疑問が生じる。真砂の陳述に従えば、夫の武弘は何故、冷たい蔑みの眼で真砂を見たのか、真砂は何故、口につめこまれた笹の葉を取り去って、はっきり返事を聞いてから心中をしようとしなかったのか、などの疑問が残る。彼女の陳述はすべて感覚的主観的で信憑性に乏しい。多襄丸、真砂の陳述がいくつかの疑問や矛盾を持っているのに対し、武弘の陳述は首尾一貫している。前の二人の陳述を修正したり、その中にあった疑問に答えたりして、事件の流れを筋道の通ったものにしつつ、妻の背信の事実を明らかにする。

極刑をいずれにしても免れない多襄丸は、自己の最期を大盗にふさわしく脚色する必要があった。真砂が女として生きていくためには、真実はどうあれ、貞操の堅固な女としての印象を与え、同情を得る必要があった。現世に利害のない「中有の闇に沈む」武弘の死霊が、この二人のエゴイズムを暴き、妻の背信を明らかにした。作者がこのように『藪の中』を構成していると考えることも可能である。とすれば、この作品はエゴイズムや女性不信を主題としているといえよう。作者芥川の人間不信に根ざす絶望が色濃くにじみでている。

なお、主題については、「事実、或は真相といふものは第三者にはつひに解らない」(福田恆存)ということだとする意見や、「三角関係と呼ばれる男女間の永遠の葛藤」(大岡昇平)であるなどの意見がある。

『今昔物語』などとの関連

次にこの作品と『今昔物語』との関連について触れよう。すでに指摘されているように、この作品も『今昔物語』から素材を得ているわけだが、それは『今昔物語』の巻二十九、第二十三話「妻《め》を具《ぐ》して丹波《たんば》に行く男、大江山において縛らるる物語」からである。『今昔物語』の第二十三話はきわめて単純な物語だ。ある男が妻とともに丹波に向かって旅をしていた時、盗人に襲われ、妻は犯され、馬、弓、太刀を奪われた。夫と妻は再び丹波に向かって旅立って行った、という筋で、殺人事件も起きなければ、複雑な心理の葛藤《かっとう》も見られない。このような『今昔物語』の原話にくらべ、芥川の『藪の中』は悲劇的要素をはるかに多く帯び、心理小説としての要素をも多分に備えているのである。『藪の中』は他に材料を仰いだ作者の作中では、素材への寄りかかりがほとんどみられず、『地獄変』とともに最も創作化の程度が強い作品である。

なお、一つの殺人事件をめぐって、七人の人物を登場させて物語らせるという手法は、ロバート＝ブラウニングの『指輪と本』とアンブローズ＝ビーアスの『月に照らされた道』から学んだものと吉田精一氏が指摘しておられる。『指輪と本』は二万一千行からなる長詩で、その内容は、ある殺人事件をめぐって九人の人物が登場し、それぞれの人間が事件に対する見解を述べるという形式をとっている。『月に照らされた道』も一つの殺人事件をめぐって三人の人物が登場し、その独白によって物語が展開するという形式。最後の殺された女の死霊が霊媒の口を通して語るところは芥川の『藪の中』と相応じる。

『藪の中』の映画化

前にも触れたように、映画「羅生門」は『藪の中』を原作として映画化したものである。同名の小説『羅生門』はわずかに、映画の一部の背景として利用されているに過ぎない。『藪の中』をどのように脚色し映画化したかということは、ここでは説明するいとまがない。ただ原作と映画では一つの大きな相違がある。それは原作の最後の部分に着目した脚色者が、新しい人物を登場させたことから生じた。『藪の中』の最後の部分に、「その時誰か忍び足に、おれの側へ来たものがある。（中略）誰か、――その誰かは見えない手に、そつと胸の小刀《さすが》を抜いた。」という一節がある。映画「羅生門」はこの部分に着目し、原作にはない新しい人物の登場と新しい解釈とを加えているのである。そうして、原作とはちがった意味での面白さを創り出している。映画「羅生門」のグラン・プリ受賞以後、日本映画の海外進出にはめざましいものがある。それはひとえに「羅生門」の成功によるのであるが、その成功に果たした原作『藪の中』の役割は大きいものがあると言わねばならない。

トロッコ

『トロッコ』は大正十一年三月の「大観」という雑誌に発表された。同年二月十六日の佐々木茂索あての書簡で、「その後のボクも大芸先生（佐々木茂索をさす）にかぶれ今夜一夜に小説を作った岡（岡栄一郎をさす）の為に大観へのせるつもり」と作者自身語っているように、一夜で書き上げられたのが『トロッコ』である。作者は三十歳。華《はな》やかに文壇に登場してから約五年が経過している。前年（大正十年）中国旅行から帰り、この年（大正十一年）の一流雑誌新年号には『俊寛』『藪の中』『将軍』『神神の微笑』の四作を掲載し、その旺盛な創作力と文壇での地位の重さを示した。これら四作はすべて歴史の衣裳をまとった、いわゆる時代物で、作者一流の才気や技巧とで構成されている。が、『トロッコ』は歴史の衣裳もまとわなければ、才気や技巧もあらわに示されてはいない。いわば身構えることなく、さらりと一夜に書き上げた作品で、作者のような凝り性にとっては珍しいことといってよい。

この作品が発表された時、さっそく読んだ宇野浩二は、これは芥川の作品らしくない、といぶかしく思ったそうだが、従来の作品とは趣きを異にしたもので、小説というより、小品と呼ぶ方がふさわしいであろう。三島由紀夫もこの作品を、日本独特の作文的短編と評した。

少年の日の思い出

『トロッコ』の主人公は良平という少年である。その良平は大人《おとな》になって妻子とともに上京し、ある雑誌社の校正係をしている。毎日の生活に疲れた彼の前になんの理由もなくよみがえるのは、トロッコにまつわる少年の日の記憶である。つまり、ある校正係の少年の日の思い出が小品『トロッコ』である。

小田原熱海間に軽便鉄道の工事が始まったのは良平が八つの年のことだった。良平は毎日村はずれに、その工事を見物に行った。彼が工事を見物に行く理由は、土を運ぶトロッコに心を引かれたからだった。土を積んだトロッコが土工を乗せて勢いよく山を下ってくるのを眺めながら、彼は土工になりたいと思った。それはトロッコに乗りたかったからだった。

「或夕方、――それは二月の初旬だつた。良平は二つ下の弟や、弟と同じ年の隣の子供と、トロッコの置いてある村外れへ行つた。トロッコは泥だらけになつた儘、薄明るい中に並んでゐる。が、その外は何処を見ても、土工たちの姿は見えなかつた。三人の子供は恐る恐る、一番端にあるトロッコを押した。トロッコは三人の力が揃ふと、突然ごろりと車輪をまはした。良平はこの音にひやりとした。しかし二度目の車輪の音は、もう彼を驚かさなかつた。ごろり、ごろり、――トロッコはさう云ふ音と共に、三人の手に押されながらそろそろ線路を登つて行つた。

その内に彼是《かれこれ》十間程来ると、線路の勾配《こうばい》が急になり出した。トロッコも三人の力では、いくら押しても動かなくなつた。どうかすれば車と一しよに、押し戻されさうにもなる事がある。良平はもう好いと思つたから、年下の二人に合図をした。

『さあ、乗らう?』

彼等は一度に手をはなすと、トロッコの上へ飛び乗つた。トロッコは最初徐《おも》ろに、それから見る見る勢よく、一息に線路を下り出した。その途端につき当りの風景は、忽《たちま》ち両側へ分かれるやうに、ずんずん目の前へ展開して来る。——良平は顔に吹きつける日の暮の風を感じながら殆ど有頂天になつてしまつた。

しかしトロッコは二三分の後、もうもとの終点に止まつてゐた。

『さあ、もう一度押すぢやあ。』

良平は年下の二人と一しよに、又トロッコを押し上げにかかつた。が、まだ車輪も動かない内に、突然彼らの後には、誰かの足音が聞え出した。のみならずそれは聞え出したと思ふと、急にかう云ふ怒鳴り声に変つた。

『この野郎! 誰に断つてトロに触つた?」

其処には古い印袢纏《しるしばんてん》に、季節外れの麦藁帽をかぶつた、背の高い土工が佇んでゐる。——さう云ふ姿が目にはひつた時、良平は年下の二人と一しよに、もう五六間逃げ出してゐた。——それぎり良平は使の帰りに人気のない工事場のトロッコを見ても、二度と乗つて見ようと思つた事はない。」

それから十日ほどしたある日、良平はたった一人、工事場にたたずみながらトロッコの来るのを待っていた。すると若い二人の土工がトロッコを押しながら登って来た。二人とも親しみやすい感じなので、良平が、おじさん押してやろうか、と声をかけると、「おお、押してくよう」と片方の男が快い返事をしてくれた。良平は力いっぱい押し始めた。しばらくすると線路の勾配がゆるやかになった。良平は、もう押さなくてもいい、と言われるかと気がかりになり、おずおずと若い二人の土工にたずねた。

「いつまでも押していていい？」

「いいとも。」

二人は同時に返事をしてくれた。線路はまた急勾配になった。両側には蜜柑《みかん》畑が広がり、黄色い実がいくつも日を受けていた。「登り路の方がいい、いつまでも押させてくれるから。」良平はそんな事を考えながら、全身でトロッコを押していた。蜜柑畑を登りつめると線路は下りになった。土工二人と良平が飛び乗ると、トロッコは蜜柑畑の匂《におい》をあおりながら、ひたすべりに線路を走り出した。押すより乗る方がずっといい、良平は当たり前のことを考えたりもした。しばらくしてトロッコは静かに走るのを止めた。三人は前のように重いトロッコを押しはじめた。線路の周囲は竹藪に囲まれていたが、やがて雑木林になり、広々とうすら寒い海が見えた時、登り路は終わった。海を見た良平は、あまり遠く来過ぎたと思った。三人はまたトロッコに乗った。トロッコは海を右にしながら走った。が、良平はさっきのように面白い気持にはなれなかった。

「もう帰ってくれればいい。」彼は心の中で思った。次にトロッコが止まったのは藁《わら》屋根の茶店の前であった。二人の土工は茶店の中でゆうゆうと茶を飲み始めた。良平は独りいらいらしながらトロッコのまわりを歩きまわっていた。しばらくして茶店から出て来た土工は、良平に新聞紙に包んだ駄菓子をくれた。しかし彼は少しもうれしくなかった。三人は三たびトロッコを押しながら、ゆるい傾斜を登って行った。

坂を向こうへ下り切ると、また同じような茶店があり、土工たちはその中に入っていった。良平はトロッコに腰をかけながら帰ることばかり気にしていた。陽はもう沈みかけていた。「もう日が暮れる。」——良平はそう考えると前よりもいっそう不安になり、トロッコの車輪を蹴ったり、一人では動かないのを承知しながら、うんうんそれを押してみたりした。

「所が土工たちは出て来ると、車の上の枕木に手をかけながら、無造作に彼にかう云つた。

『われはもう帰んな。おれたちは今日は向う泊りだから。』

『あんまり帰りが遅くなるとわれの家でも心配するずら。』

良平は一瞬間呆気《あつけ》にとられた。もう彼是暗くなる事、去年の暮母と岩村まで来たが、今日の途はその三四倍ある事、それを今からたつた一人、歩いて帰らなければならない事、——さう云ふ事が一時にわかつたのである。良平は殆ど泣きさうになつたが、泣いても仕方がないと思つた。泣いてゐる場合ではないとも思つた。彼は若い二人の土工に、取つて附けたやうな御時宜《おじぎ》をすると、どんどん線路伝ひに走り出した。

良平は少時《しばらく》無我夢中に線路の側を走り続けた。その内に懐の菓子包みが、邪魔《じやま》になる事に気がついたから、それを路側《みちばた》へ抛《ほう》り出す次手《ついで》に、板草履《ぞうり》も其処へ脱ぎ捨ててしまつた。すると薄い足袋の裏へじかに小石が食ひこんだが、足だけは遙かに軽くなつた。彼は左に海を感じながら、急な坂路を駈け登つた。時々涙がこみ上げて来ると、自然に顔が歪んで来る。――それは無理に我慢《がまん》しても、鼻だけは絶えずくうくう鳴つた。

竹藪の側を駈け抜けると、夕焼けのした日金山《ひがねやま》の空も、もう火照《ほて》りが消えかかつてゐた。良平は愈《いよいよ》気が気でなかつた。往きと返りと変るせいか、景色の違ふのも不安だつた。すると今度は着物までも、汗の濡れ通つたのが気になつたから、やはり必死に駈け続けたなり、羽織《はおり》を路側へ脱いで捨てた。

蜜柑《みかん》畑へ来る頃には、あたりは暗くなる一方だつた。「命さへ助かれば――」良平はさう思ひながら、辷つてもつまづいても走つて行つた。（中略）

彼の村へはひつて見ると、もう両側の家々には、電燈の光がさし合つてゐた。良平はその電燈の光に頭から汗の湯気の立つのが、彼自身にもはつきりわかつた。井戸端に水を汲んでゐる女衆《おんなしゅ》や、畑から帰つて来る男衆は、良平が喘《あえ》ぎ喘ぎ走るのを見ては、『おいどうしたね？』などと声をかけた。が、彼は無言の儘《まま》、雑貨屋だの床屋だの、明るい家の前を走り過ぎた。

彼の家の門口へ駈けこんだ時、良平はとうとう大声に、わつと泣き出さずにはゐられなかつた。その泣き声は彼の周囲《まわり》へ、一時に父や母を集まらせた。殊に母は何とか云ひながら、良平の体を抱へるやうにした。が、良平は手足をもがきながら啜《すす》り上げ啜り上げ泣き続けた。その声が余り激しかつたせゐか、近所の女衆も三四人、薄暗い門口へ集つて来た。父母は勿論その人たちは、口口に彼の泣く訳《わけ》を尋ねた。しかし彼は何と云はれても泣き立てるより外に仕方がなかつた。あの遠い路を駈け通して来た、今までの心細さをふり返ると、いくら大声に泣き続けても、足りない気もちに迫られながら、……

良平は二十六の年、妻子と一しよに東京へ出て来た。今では或雑誌社の二階に、校正の朱筆を握つてゐる。が、彼はどうかすると、全然何の理由もないのに、その時の彼を思ひ出す事がある。全然何の理由もないのに？――塵労《じんろう》に疲れた彼の前には今でもやはりその時のやうに、薄暗い藪や坂のある路が、細々と一すぢ断続してゐる。……」


このトロッコにまつわる少年の記憶は都会育ちの作者のものではない。滝井孝作の「純潔」（昭二六年一月「改造」）によれば、ある雑誌社の校正係をしていた湯河原出身の青年（力石平三）の原稿をもとにして、小品『トロッコ』は書かれたという。その青年の原稿は原稿用紙にして五、六枚のものだったそうだが、その原稿をもとにして、作者は量質とも全く趣を異にした作品に作り変えたことは言うまでもない。作者の多くの作品と違って、他に材料を仰いだとは一見思われないこの『トロッコ』もまた、一校正係の五、六枚の原稿をもとにして書き上げたのである。

なお、吉田精一氏は、その著『芥川龍之介』（新潮文庫）の中で、芥川の作品中、六十二の作品の材源とみるべきものを指摘しておられる。

さて、この作品の内容について触れていきたいが、だれにもこういう少年の日の思い出はあるに違いない。その思い出が、当時は辛《つら》く、悲しいものであっても、大人になってふと省みた時、それは妙に懐かしく忘れがたいものである。

巧みな心理描写

小品『トロッコ』において、忘れがたいのはトロッコにまつわる少年の日の思い出である。幼少時はだれでも、自動車や汽車や電車に、あるいは飛行機に心を奪われるものだが、今のように交通機関の発達していないころの片田舎に育った少年良平の憧《あこが》れはトロッコであった。少年は一度でもいいからトロッコに乗りたいと思う。せめてトロッコを押すことだけでもできたらと思う。そのような少年の心理から、作者は筆を進めている。そうして、このような少年の願いは、ある日かなえられた。二人の若い土工は、少年の思ったとおり、気安くトロッコを押させてくれる。トロッコに乗せてくれる。風を切って走るトロッコの上で少年は自分の憧れが満たされたことに十分満足していた。しかし、知らず知らずに遠くまで来てしまい、少年はかすかな不安を覚えはじめた。が、少年は土工たちを優しい人たちだと信じ、そしてまた土工たちも自分と同じようにもとの村へ帰るものと思って、トロッコを押し続けて行く。ところが日が暮れかかったころになって、土工たちは、「われはもう帰んな。おれたちは今日は向う泊まりだから。」と、少年を冷たく突き放してしまう。少年にとってその言葉はきわめて残酷なものであった。裏切られたようなやるせなさを感じながらも、少年は土工たちにとってつけたようなおじぎをすると、線路伝いにどんどん走り出した。不安や心細さで少年は泣きたい思いであった。

この作品で特にすぐれているところは、少年が思いがけず望みを達してから、土工たちに冷たく突き放されるまでの部分であろう。トロッコは起伏の多い坂を登ったり下ったりするが、それに伴って変化する周囲の情景や時間の経過が巧みな簡潔さで描写されている。そして、それ以上に、場面や時間の変化によって推移する少年の心理描写は見事なものといえよう。この少年の心理の推移に、なにか人生の象徴というものを感じさせるといったら、大げさすぎるであろうか。私たちの実人生においても、この少年の心理の推移に似た心理的体験がないとはいえないだろう。「まさか」とか、「よもや」と思っているうちに、その予想や期待とは反対の方向にしだいに陥って行き、気がついた時には、どうにも引き返すことができないような深みにはまっているというような事が。

そして、土工たちに冷たく突き放されて、帰途を急ぐ少年の様子を描写した部分も秀逸である。ことに村に入ってから、もう急ぐ必要もないのに、早く、思いきり泣きたいために急いでいる少年の心理描写は、ただ巧みというほかはない。自分の家の門口へ駆けこんだ時、少年は大声でわっと泣き出した。父や母がなぜ泣くのか尋ねても、ただ泣きたてるばかりであった。あの遠い路を駆け通して来た、今までの心細さをふり返ると、いくら大声で泣き続けても足りない気持だった。

漂う人生の哀感　『トロッコ』はここまでで、十分完成した作品となっている。が、作者はさらに

『良平は二十六の年、妻子と一しよに東京へ出て来た。今では或雑誌社の二階に、校正の朱筆を握つてゐる。が、彼はどうかすると、全然何の理由もないのに、その時の彼を思ひ出す事がある。全然何の理由もないのに？——塵労に疲れた彼の前には今でもやはりその時のやうに、薄暗い藪や坂のある路が、細々と一すぢ断続してゐる。」

という数行を付け加えている。この結末の数行にこの作品のテーマがあると考えられるが、この数行があるとないとでは、作品の読後感にも大きな差異が生じてくることは言うまでもない。

雑誌社の校正という仕事はきわめて地味な仕事である。特に当時においては、およそはえない、将来の生活さえ保障されない、心細い職業であった。大人になって、校正係としてその日の糧《かて》を得ている良平の毎日は、生活の苦労に疲れた日々である。少年の日、トロッコの線路伝いに、不安にかられながら駆けつづけた薄暗い坂のある路。——その細々と続く路は、いま校正係という自分の心細い生活に、そのままつながっているのではないか。妻子をかかえ、生活に疲れた現在の境遇は、そのままあの時の細々と続く薄暗い藪や坂のある路に、置き変えることができるのではないか。大人になった良平には、そう思われる時もあるのである。

この結末の数行によって、小品『トロッコ』は、単に少年の日のやるせない思い出というものだけにとどまらずに、しみじみとした人生の哀感を漂わせる作品となったのである。

河童

『河童《かつぱ》』は昭和二年「改造」の三月号に発表された。この年の七月二十四日に作者は自ら生命を絶った。『河童』発表前後の書簡には、「グアリヴアの旅行記式のものを製造中」（二月二日斎藤茂吉宛）とか、「河童百六枚脱稿《だつこう》、聊《いささ》か鬱懐《うつかい》を消した。」（二月十六日佐々木茂索宛）、「『河童』はあらゆるものに対する、——就中《なかんずく》僕自身に対するデグウ（嫌悪感）から生れました」（四月三日吉田泰司宛）という言葉が見られる。

この頃の作者の生活についてはすでに生涯編で述べたが、この作品の性質上再び触れておこう。大正十年の中国旅行以来、健康を害していた作者は、十四年にはますます悪化し、十五年一月には、胃腸病、神経衰弱、不眠症、痔疾《じしつ》などの療養のため湯河原に滞在、四月以降は静養のため鵠沼に転地した。翌昭和二年には東京田端の自宅に戻るが、二年一月には当時執行猶予中の義兄西川豊の家が全焼した。この家は焼ける前、莫大な保険金がかけてあったので、放火の疑いをかけられた義兄は鉄道自殺を遂げた。義兄には高利の借金があったため、作者は新年早々その後始末に走りまわらねばならなかった。「彼の姉の夫の自殺は俄かに彼を打ちのめした。彼は今度は姉の一家の面倒も見なければならなかつた。彼の将来は少くとも彼には日の暮のやうに薄暗かつた」と『或阿呆の一生』の中に作者は記してる。

河童の世界

河童は作者の愛好していた空想的な動物で、しばしば絵にも描いている。まずこの作品の梗概をたどろう。ある精神病院の患者が作者に語った話という形式になっている。次は狂人の語る最初の部分を、原文から引用したものである。

「三年前の夏のことです。僕は人並みにリユツク・サツクを背負ひ、あの上高地の温泉宿から穂高山へ登らうとしました。穂高山へ登るのには御承知の通り梓川《あずさがわ》を遡《さかのぼ》る外はありません。僕は前に穂高山は勿論、槍ケ岳にも登つてゐましたから、朝霧の下りた梓川の谷を案内者もつれずに登つて行きました。朝霧の下りた梓川の谷を——しかしその霧はいつまでたつても晴れる景色は見えません。（中略）そのうち足もくたびれて来れば、腹もだんだん減りはじめる、——おまけに霧に濡れ透《とお》つた登山服や毛布なども並み大抵の重さではありません。僕はとうとう我《が》を折りましたから、岩にせかれてゐる水の音を便りに梓川の谷へ下りることにしました。

僕は水ぎはの岩に腰かけ、とりあへず食事にとりかかりました。コオンド・ビイフの罐を切つたり、枯れ枝を集めて火をつけたり、——そんなことをしてゐるうちに彼是《かれこれ》十分はたつたでせう。その間にどこまでも意地の悪い霧はいつかほのぼのと晴れかかりました。僕はパンを嚙《か》じりながら、ちよつと腕時計を覗《のぞ》いて見ました。時刻はもう一時二十分過ぎです。が、それよりも驚いたのは何か気味の悪い顔が一つ、円い腕時計の硝子《ガラス》の上へちらりと影を落したことです。僕は驚いてふり返りました。すると、——僕が河童《かつぱ》と云ふものを見たのは実にこの時が始めてだつたのです。僕の後ろにある岩の上には画にある通りの河童が一匹、片手は白樺の幹を抱へ、片手は目の上にかざしたなり、珍らしさうに僕を見おろしてゐました。」

こうして河童に出会ったこの小説の主人公である僕は、河童のあとを夢中になって追いかけているうちに、あやまって深い穴の中に転《ころ》げ落ち、気を失ってしまった。しばらくして気がつくと、僕は仰向けに倒れたまま大ぜいの河童にとりかこまれていた。僕はチャックという河童の医者の家で治療を受け、元気になると河童の国の法律によって、特別保護住民としてチャックの家の隣に住むことになった。僕の家にはチャックのほか、最初僕がそのあとを追いかけ河童の国に来るきっかけとなった漁夫のバッグや、硝子会社の社長で、河童の国最大の資本家ゲエルなどが遊びにくるようになった。

僕は河童の使う日常の言葉を覚えて、河童の風俗や習慣がしだいにのみこめるようになった。ある時、僕はバッグの妻がお産をする所を見物に行った。バッグは電話でもかけるように胎内の子供に、「お前はこの世界へ生れて来るかどうか、よく考えた上で返事をしろ。」と大声で尋ねた。つまり河童の国では生まれたくない河童は自分の自由意志で生まれてこなくてもすむ訳《わけ》である。

日が経つにつれ、僕はいろいろの河童と知り合い、そのうちラップという学生の紹介で、トックという詩人と友人になった。詩人トックは一匹の雌河童と同棲しているが、彼は自由恋愛家で、家族生活を軽蔑し、自ら「ぼくは超人(直訳すれば超河童です)だ。」と言っている。つまり、「芸術は何ものの支配をも受けない。

芸術のための芸術である。従って芸術家たるものは何よりも先に善悪を絶した超人でなければならぬ。」というのがトックの持論であった。この意見はトック一匹の意見でなく、仲間の詩人たちは、たいてい同意見であった。

この河童の国での恋愛は、人間の恋愛とは非常に趣を異にしている。河童の国では雌の河童はこれぞという雄の河童を見つけるが早いか、それをつかまえるのにいかなる手段をもかえりみない。雄の河童をつかまえるのに、雌の河童は気違いのようになって追いかけ、彼女の両親や兄弟までもが一緒になって追いかけるのだ。これが河童の恋愛で、みじめなのは雄の河童だ。運よく雌につかまらずに逃げおおせても、二、三か月は床についてしまう。現に学生のラップは雌に抱きつかれただけで何週間も床に伏したあげく、その嘴《くちばし》はすっかり腐ってしまったのだった。ただ哲学者のマッグだけは醜いのと、家にばかりいるために、まだ一度も雌につかまったことはない。マッグは終日家の中で、厚い本ばかり読んでいるが、ある日僕に向ってため息をつき、「わたしもどうかすると、あの恐ろしい雌の河童に追いかけられたい気も起るのですよ」と言った。

僕は詩人のトックとたびたび音楽会に行った。ある時、この国の生んだ前後に比類のない天才音楽家の演奏会があったが、その演奏中突然一番後の席にいた巡査が「演奏禁止」と怒鳴《どな》った。会場は大混乱に陥った。「元来画だの文芸だのは誰の目にも何を表はしてゐるかは兎に角ちやんとわかる筈ですから、この国では決して発売禁止や展覧禁止は行はれません。その代りにあるのが演奏禁止です。何しろ音楽といふものだけはどんなに風俗を壊乱する曲でも、耳のない河童にはわかりませんからね」と哲学者のマッグは僕に説明してくれた。

僕は資本家のゲエルに好意を持ち、時々裁判官のペップや医者のチャックにつれられて、ゲエルの家へ夕食に出かけることもあった。またゲエルの関係している工場を見て歩いた。その中で特に面白かったのは書籍製造会社の工場で、少しも手数をかけずに、年間七百万部の本を製造していた。この国では平均一ヵ月に七、八百種の機械が新案され、人手をかりずに大量生産が行なわれるので一ヵ月に、四、五万匹の職工が解雇される。これらの解雇された職工は、職工屠殺法《とさつほう》という法律の下に、みな殺されてしまう。殺された河童の肉は食料に使われるのである。チャックの説明によれば、解雇された職工が餓死したり、自殺したりする手数を国家的にはぶいてやるために、その法律が立案されたのだということだ。

この国の天下を取っているのはクオラックス党であるが、この政党の支配者は有名な政治家ロッペで、またロッペを支配しているのは新聞社の社長クイクイで、そのクイクイを支配しているのは後援者のゲエルで、さらにそのゲエルが頭の上がらないのは、美しいゲエル夫人だった。つまりクオラックス内閣は、ゲエル夫人が支配しているわけである。

河童の国も国家的に孤立しているわけでなく、時として戦争がある。ある時、ささいな事から獺《かわうそ》の国と戦争し、この国が勝ったが、三十六万九千五百四の河童たちが戦死した。この戦争で資本家は戦地の食糧として石炭殻を送り、大儲けをした。それというのも、河童は腹さえ減れば、何でも食うにきまっているからである。

僕はある日、学生のラップと一緒にクラバックを訪問した。クラバックはロックと並び称せられる音楽家だが、その日はひどく批評家に向かって腹を立てていた。それはクラバックをロックに比べると、音楽家の名に価しないという批評家がいたからだった。僕が、「ロックも天才に違ひない。しかしロックの音楽は君の音楽に溢れてゐる近代的情熱を持つてゐない」と言って慰めると、クラバックは、「僕は――天才だ。その点ではロックを恐れてゐない。しかし僕は何か正体の知れないものを、――言はばロックを支配してゐる星を恐れてゐる。ロックは僕の影響を受けない。が、僕はいつの間にかロックの影響を受けてしまふのだ」と答えた。

ある日、僕は哲学者のマッグを訪ねに出かけた。するとある寂しい町の角に蚊のようにやせた河童が一匹ぼんやり壁によりかかっていた。この河童はまぎれもなくいつか僕の万年筆を盗んだ河童であったから、折りよく通りかかった巡査にそのことを話した。その河童はすぐつかまって調べられたが、この河童の「自分の子供の玩具《おもちゃ》にするために万年筆を盗んだが、子供は一週間前に死んでしまつた」という答えを聞くと、巡査は「よろしい。どうも御苦労だつたね」と言って、河童を放免した。僕はびっくりして、後でマッグの家で会った裁判官ペップに聞いてみた。「この国の刑法には、如何なる犯罪を行ひたりと雖も、該犯罪を行はしめたる事情の消失したる後は該犯罪者を処罰することを得ず、といふ条文があり、この河童についていへば、かつては親であつたが、今はもう親ではないから、犯罪も自然と消滅するのだ」とペップは僕に説明してくれた。この国にも死刑はあるが、わざわざ電気など用いなくても、その犯罪の名を言って聞かせるだけで河童は死んでしまうということである。

僕たちがマッグの家でいろいろ議論している時、突然隣の詩人トックの家から鋭いピストルの音が響いた。みんなで駆けつけてみると、トックは右の手にピストルを握り、頭の皿から血を出して倒れていた。トックの家には雌の河童と、二、三歳の子供の河童がいたが、その何も知らずに笑っている子供の河童を見て、僕は雌の河童の代わりにあやしてやった。するといつか僕の目にも涙のたまるのを感じた。僕が河童の国に住んでいるうちに涙というものをこぼしたのは、前にも後にも、この時だけだった。

河童の国にもキリスト教、モハメット教、拝火教などの宗教が行なわれているが、一番勢力のあるのは生活教である。ある時、僕は生活教の大寺院を見物に行き、正面の祭壇にある生命の樹から、その両側の龕《がん》の中にある大理石の半身像を見てまわった。それらの半身像はストリンドベリイ、ニーチェ、トルストイ、国木田独歩、ワグネル及びゴーガンの像であった。

超人（超河童）であると自ら称していた、芸術至上主義者の詩人トックは、死後幽霊となって現われ、自分の死後の名声を気にしたり、同棲した雌の河童や、子供のことを心配するのだった。

そのうちに僕はだんだん河童の国にいるのが憂鬱になり、再び人間の国へ帰りたくなった。そこで年を取るにつれて若くなるというある老人の河童のみちびきで、僕がはじめてこの国へ来る時に落ち込んだ穴から梯子《はしご》をよじ登って人間の国へ帰って来た。

それから一年目に僕はある事業に失敗し、もう一度河童の国へ帰りたいと思った。そこで、そっと家を抜け出し、中央線の電車に乗ろうとしたら巡査につかまって病院へ入れられてしまったのである。しかし僕が入院したのをラジオニュースで知ったバッグやゲエルやチャックは、ときどき河童の国から見舞いに来てくれる。

「それから僕は二三日毎にいろいろの河童の訪問を受けました。僕の病はS博士《はかせ》によれば早発性痴呆症《そうはつせいちほうしよう》と云ふことです。しかしあの医者のチヤックは（これは甚だあなたにも失礼に当るのに違ひありません。）僕は早発性痴呆症患者ではない、早発性痴呆症患者はS博士を始め、あなたがた自身だと言つてゐました。医者のチヤックも来る位ですから、学生のラップや哲学者のマッグの見舞ひに来たことは勿論です。（中略）僕はゆふべも月明りの中に硝子会社の社長ゲエルや哲学者のマッグと話をしました。のみならず音楽家のクラバックにもヴアイオリンを一曲弾いて貰ひました。そら、向うの机の上に黒百合《くろゆり》の花束がのつてゐるでせう？　あれもゆふべクラバックが土産《みやげ》に持つて来てくれたものです。……

（僕は後《うしろ》を振り返つて見た。が、勿論机の上には花束も何ものつてゐなかつた。）

それからこの本も哲学者のマッグがわざわざ持つて来てくれたものです。ちよつと最初の詩を読んで御覧なさい。いや、あなたは河童の国の言葉を御存知になる筈はありません。では代りに読んで見ませう。これは近頃出版になつたトックの全集の一冊です。——

（彼は古い電話帳をひろげ、かう云ふ詩をおほ声に読みはじめた。）（中略）

ああ、このことを忘れてゐました。あなたは僕の友だちだつた裁判官のペップを覚えてゐるでせう。あの河童は職を失つた後《のち》、ほんたうに発狂してしまひました。何《なん》でも今は河童の国の精神病院にゐると云ふことです。僕はS博士さへ承知してくれれば、見舞ひに行つてやりたいのですがね……。」

以上が精神病院の患者の話によって展開する『河童』の梗概である。

作者とのかかわり

作者芥川龍之介は、この小説でいったい何を語ろうとしたのだろうか。この作品が発表された当時の多くの批評家は、社会を風刺批判した小説であると考えた。しかし、『河童』の世界に描かれているものは、痛烈な社会風刺とか社会批判とかいうものではなく、友人吉田泰司あての書簡にある「あらゆるもの、就中《なかんずく》僕自身に対するデグウ（嫌悪感）」なのである。私小説的な告白の仕方を最後まで拒否した作者は、自分自身の憂悶の情を河童の世界に託して表白した。小説『河童』には遺伝、家族制度、芸術、刑罰などの問題がとりあげられているが、これらすべての問題が作者自身と密接にかかわりを持っていると言ってよい。

まず遺伝の問題がある。バッグの細君が出産する場面で、子供が生まれる際、河童の国は、父親が胎内の子供に「お前はこの世界に生れて来るかどうか、よく考えた上で返事をしろ」と尋ね、腹の中の子は「僕は生れたくはありません。第一僕のお父さんの遺伝は精神病だけでも大へんです」と答えるくだりがある。河童の国では生まれたくない河童は、自分の自由意志で生まれてこなくてもすむ訳だ。読者はここで、作者が精神病の母を持ち、その遺伝を晩年はとくに気にしていたことを思い出すであろう。作者は、この部分で作者自身のことを語っていると考えてよい。また、この部分と、「何の為にこいつも生まれて来たのだらう？ この娑婆苦《しゃばく》の充ち満ちた世界へ。――何の為に又こいつも己《おれ》のやうなものを父にする運命を荷《にな》ったのだらう？」という『或阿呆の一生』（「出産」）の言葉とを読み合わせてみる必要があろう。

次に家族制度の問題がある。詩人のトックが家族制度を軽蔑していることは梗概に書いたが、作者は別のところで、「トックは或時窓の外を指さし、『見給へ。あの莫迦《ばか》げさ加減を！』と吐き出すやうに言ひました。窓の外の往来にはまだ年の若い河童が一匹、両親らしい河童を始め、七八匹の雌雄の河童を頸《くび》のまはりへぶら下げながら、息も絶え絶えに歩いてゐました」と書いている。作者が養子であり、養父母と伯母の三人を扶養していたことはすでに知っているであろう。その上、作者は妻と三人の子供があった。さらにこの小説を書いたころは、自殺した義兄の家族の面倒までみなければならなかった。この部分が作者自身の自画像であることは容易に察せられよう。

また音楽家のクラバックが「ロックは僕の影響を受けない。が、僕はいつの間にかロックの影響を受けてしまふのだ」と言う言葉から、作者が終生、志賀直哉に圧迫を感じていた事実が思い起こされるし、河童の国の刑法には「如何なる犯罪を行ひたりと雖《いえど》も、該《がい》犯罪を行はしめたる事情の消失したる後は該犯罪者を処《しょ》罰《ばつ》することを得ず」という条文があると書いているのも、作者の直面していた法律の問題を、その背後にしていると考えられる。執行猶予《しっこうゆうよ》中、放火罪の疑いを受けたまま自殺した義兄とその家族のことを作者は頭に置いて、この部分を書いたと思われる。

さらに詩人トックの自殺するくだりは、この作品を書く時の作者が、すでに自殺を覚悟していたことがはっきり暗示されている。この作品を執筆してから約四か月後に、作者は自ら命を絶つわけだが、詩人トックの死の場面で、マッグに、「トック君の自殺したのは詩人としても疲れてゐたのですね」と言わせ、トックの子供をあやしている小説の主人公に河童の国では、はじめての涙を流させている。そうして、「かう云ふ我儘《わがまま》の河童と一しよになつた家族は気の毒ですね」「何しろあとのことも考へないのですから」と河童同士に対話させている。この部分から、作者の死の影をはっきりと見ることができると言えよう。また、この部分の後にある河童の言葉や態度から、芸術至上主義に対する作者の態度や、耐えがたい人生苦を宗教によって救われたいという作者の望みなどをも読みとることができよう。

まだこのほかに、作者と深いかかわりを持つ個所があるのはもちろんだが、一応このくらいにして次に移ろう。

死を前にした心象風景の戯画

右のように『河童』を作者とのかかわりにおいて眺めることにより、作者の意図したものが理解されたのではなかろうか。小説『河童』は河童であることに、つまり人間であることに嫌悪を感じ、絶望している人間の心の状態が語られているのである。河童の国における家族制度、恋愛、芸術、刑罰、宗教などの問題はすべて作者を取り巻く現実であった。作者の上にのしかかってきたそれらの問題を、作者は河童の世界に託して戯画化したのである。すでにくり返したごとく、当時作者は病苦に悩んでいた。生活上の重荷に疲れていた。芸術上の行き詰まりを感じてもいた。そして自殺の決意もようやく強固なものになりつつあった。『河童』は、死を前にしたそのような作者の心の状態の戯画であるといえよう。

「ここに出てくる幾匹かの河童の中に、私など読んでゐるうちに、ひよいと、その河童が芥川に見えたり、ふと河童がまくしたてるやうに喋《しやべ》つてゐるのが芥川が喋つてゐるやうに思はれたり、その河童の姿が芥川の姿のやうな気がしたりして、ほほゑましくなつたり、もの悲しくなつたりする事があるのである。つまり、河童の国にただよふ、哀傷、憂鬱、苦悩、その他は、芥川の心象であり、さまざまの河童は、一つ一つ、芥川の姿である。」

これは、作者の友人宇野浩二の『河童』評である。

年譜

一八九二年（明治二十五）　三月一日、東京市京橋区入船町に新原敏三の長男として生まれた。実父新原敏三は、牛乳搾取販売業を営み、入船町と新宿に牧場を持っていた。二姉があって、長姉初子は夭折し、次姉久子は葛巻義定と結婚し、一男一女を生んだあと、西川豊に再嫁、豊の死後、葛巻家に復縁した。生後七ヶ月頃、実母ふくが発狂したため、その実家、芥川家に引きとられ、養育された。芥川家は代々御奥坊主を勤めた旧家で、養父芥川道章は、東京府の土木課長をつとめていた。家庭には、江戸文人趣味が色濃く流れており、一家そろって一中節を習ったりもしていた。

一八九八年（明治三十一）　**六歳**　四月、本所区元町の江東尋常小学校に入学した。

一九〇二年（明治三十五）　**十歳**　実母ふくが死んだ。学校の成績は優秀であった。早くから読書を好み、また同級生たちと回覧雑誌を発行したりもした。

一九〇五年（明治三十八）　**十三歳**　江東尋常小学校を卒業し、東京府立第三中学校（現両国高校）に入学した。中学時代も学業成績は優秀で、特に漢文の力は抜群だった。読書欲もますます強まり、紅葉・一葉・樗牛・桂月・露伴・鏡花などを読み、特に蘆花・独歩・漱石・鷗外の作品を愛読した。外国の作家ではイプセン、アナトール＝フランスに関心を持った。最も愛好した学科は歴史で、校友会雑誌に『義仲論』を発表したこともあった。

一九一〇年（明治四十三）　**十八歳**　三月、府立第三中学校を卒業した。成績優秀により賞状を受けた。九月、第一高等学校一部乙（文科）に成績優秀のため、無試験で入学した。同級生に久米正雄・菊池寛・松岡譲・山本有三・土屋文明・成瀬正一・恒藤恭、一級上の文科に豊島与志雄・山宮允・近衛秀麿らがいた。この中で、最も親しく交わったのは恒藤恭とであり、その親交は終生続いた。この年の秋、一家は本所小泉町から新宿二丁目に移転した。

一九一一年（明治四十四）　**十九歳**　本郷の一高寮にはいり、一年間の寮生活をした。当時の龍之介は秀才肌の真面目な学生で、読書欲、知識欲が盛んであった。ボードレエル、ストリンドベリイ、アナトール＝フランス、ベルグソンなどを愛読した。久米・菊池らとの交友はあまりなかった。

一九一三年（大正二）　**二十一歳**　七月、第一高等学校を卒業、卒業成績は二十七名中二番であった。九月、東京帝国大学英文科入学。恒藤恭は京大法科に去り、以後久米、ややおくれて菊池らと親交を結ぶようになる。

一九一四年（大正三）　**二十二歳**　二月、久米・菊池・松岡・山本・土屋・豊島・山宮らとともに第三次「新思潮」を発刊。柳川隆之介のペンネームで、まずアナトール＝フランスの翻訳を発表した。五月、処女小説『老年』、九月、戯曲『青年と死』を発表した。九月号で第三次「新思潮」廃刊。十月末、一家は新宿から田端に転居した。またこの年、初恋を経験したが、実を結ばなかった。

一九一五年（大正四）　**二十三歳**　四月、『ひょっとこ』を、十一月、『羅生門』を「帝国文学」に発表した。十二月、級友林原耕三の紹介で、久米とともに漱石の知遇を得、以後その門にはいった。

一九一六年（大正五）　**二十四歳**　二月、久米・菊池・松岡らとともに第四次「新思潮」を発刊、創刊号に『鼻』を発表し、漱石の激賞を受けた。四月、『孤独地獄』を書き、五月、雑誌「希望」からはじめての原稿依頼をうけて『虱』によって一枚三十銭の稿料を得た。

七月、東京帝大英文科卒業。卒業論文は「ウイリアム＝モリスの研究」、卒業成績は二十名中二番であった。九月、『芋粥』を「新小説」に発表し、文壇の注目を集め、十月、「中央公論」に『手巾』を発表するにおよんで、新進作家としての地位を確立した。十二月、横須賀の海軍機関学校の嘱託教官となり、鎌倉に下宿した。同月九日、師夏目漱石が逝去した。

この年には、ほかに『野呂松人形』（「人文」八月）、『煙管』（「新小説」十一月）などの作品がある。

一九一七年（大正六）　**二十五歳**　三月、第四次「新思潮」廃刊。五月、第一創作集『羅生門』を刊行。

九月、鎌倉から横須賀に下宿先を移した。十一月、第二創作集『煙草と悪魔』を刊行した。

この年、『運』（「文章世界」一月）、『尾形了斎覚え書』（「新潮」一月）、『忠義』（「黒潮」三月）、『偸盗』（「中央公論」四、七月）、『或日の大石内蔵助』（同九月）、『戯作三昧』（「大阪毎日」十一月）などの諸作を発表した。

一九一八年（大正七）　二十六歳　二月二日、塚本文子と結婚した。三月、大阪毎日新聞社社友となった。同月、鎌倉に居を移し、妻と伯母を呼び、新生活にはいった。なお、五月頃から高浜虚子に師事し、俳句に関心を寄せるようになった。
この年の主要な発表作は、『世之助の話』（「新小説」四月）、『地獄変』（「大阪毎日」五月一日〜二十二日）『蜘蛛の糸』（「赤い鳥」七月）、『奉教人の死』（「三田文学」九月）、『枯野抄』（「新小説」十月）などである。

一九一九年（大正八）　二十七歳　一月、第三創作集『傀儡師』を刊行した。三月、海軍機関学校を辞し、大阪毎日新聞社入社。同月十六日、実父新原敏三が流行性感冒で死去。四月、鎌倉を引き揚げ、再び田端の自宅に居を定めた。五月、菊池寛と長崎に遊んだ。この頃から小島政二郎・佐々木茂索・滝井孝作・南部修太郎らの新進作家の出入りが目だってきた。また滝井の紹介で画家小穴隆一を知り、彼との終生の親交が始まった。
この年の作品には、『きりしとほろ上人伝』（「新小説」三月、五月）、『私の出遇つた事―蜜柑・沼地』（「新潮」五月）、『路上』（「大阪毎日」六〜八月）などがある。

一九二〇年（大正九）　二十八歳　一月、第四創作集『影燈籠』を刊行した。四月、長男比呂志誕生。十一月、久米・菊池・宇野浩二らと関西に講演旅行。
この年は『舞踏会』（「新潮」一月）、『鼠小僧次郎吉』（「中央公論」一月）、『秋』（同四月）、『南京の基督』（同七月）、『杜子春』（「赤い鳥」七月）などが主な発表作であるが、このうち『秋』は従来の作風に一転機を画した作である。

一九二一年（大正十）　二十九歳　三月、第五創作集『夜来の花』を刊行。同月、大阪毎日新聞社から海外視察員として中国に特派され、三月十九日に東京を発ち、七月末に帰国した。
この年は、『山鴫』（「中央公論」一月）、『秋山図』（「改造」一月）、『上海游記』（「大阪毎日」八〜九月）、『好色』（「改造」十月）などを発表した。なお、中国旅行の際、肋膜炎を病み、帰国後、健康が急に衰えをみせた。

一九二二年（大正十一）　三十歳　四月、長崎に再遊した。七月九日、森鷗外が逝去。同月二十七日、初めて志賀直哉を訪問した。十一月、次男多加志誕生。健康はしだいに悪化、神経衰弱・ピリン疹・胃痙攣・腸カタル・心悸昂進などの病気が続いた。
この年の作には、『俊寛』（「中央公論」一月）、『藪の中』（「新潮」一月）、『将軍』（「改造」一月）、『トロッコ』（「大観」三月）、『お富の貞操』（「改造」五、九月）、『庭』（「中央公論」七月）などがある。

一九二三年（大正十二）　**三十一歳**　一月、「文芸春秋」が創刊され、『侏儒の言葉』の連載が始められた。三月、中旬より約一か月湯河原に湯治のため滞在。五月、第六創作集『春服』を刊行した。八月、山梨県秋田村清光寺の夏期大学に講師として赴き「文芸について」などの題で講演。同月帰京後、避暑のため鎌倉に転地し、岡本一平、かの子夫妻と知り合う。九月、関東大震災に遇ったが被害はなかった。十月、一高在学中の堀辰雄と知り合った。十二月十七日より三十日まで京都方面に旅行。
この年の創作には、『保吉の手帳から』（「改造」五月）、『お時儀』（「女性」十月）、『あばばばば』（「中央公論」十二月）などがある。

一九二四年（大正十三）　**三十三歳**　四月、紛擾史実地調査のため、千葉県八街に旅行した。五月十五日から一週間、金沢の室生犀星のもとに遊び、帰途、京阪を回り、志賀・滝井らと会った。七月、第七創作集『黄雀風』を刊行した。また七月より翌年三月まで“The modern series of English Literature”（「近代英文学叢書」）を編集した。七月二十二日から八月二十三日まで軽井沢に滞在。十二月、庭に書斎を増築した。この頃から斎藤茂吉と親しくなった。年の暮れ、義弟塚本八洲の喀血にあい、自身の健康もしだいに衰弱していった。この年は『糸女覚え書』（「中央公論」一月）、『一塊の土』（「新潮」一月）などが主な発表作である。

一九二五年（大正十四）　**三十三歳**　二月、萩原朔太郎が田端に移転、交際を深めた。三月、「泉鏡花全集」の編集に従った。四月、「芥川龍之介集」を「現代小説全集」第一巻として新潮社より刊行。またこの月、湯治のため修善寺に五月まで滞在。七月、三男也寸志誕生。八月下旬より九月中旬まで再び軽井沢に滞在。十月、興文社の依頼による「近代日本文芸読本」の編集を終えた。十一月、『支那游記』を刊行した。この年の創作には、『大導寺信輔の半生』

（「中央公論」二月）、『海のほとり』（同九月）などのほか、多少の詩作もあったが、健康の衰えはげしく、創作活動はようやく低調となった。

一九二六年（大正十五・昭和元）　**三十四歳**　一月、胃腸病・神経衰弱・痔疾などの療養のため湯河原に転地、二月中旬まで滞在した。四月以後、養生のため鵠沼に寓居する。この年の発表作には、『湖南の扇』（「中央公論」一月）、『点鬼簿』（「改造」十月）などがある。

一九二七年（昭和二）　**三十五歳**　一月二日田端に帰宅。同月四日、義兄西川豊宅が全焼し、放火の嫌疑をかけられた義兄は鉄道自殺を遂げた。高利の借金を残して自殺したため、龍之介はその後始末と整理に奔走した。神経衰弱がいよいよ悪化したが、『玄鶴山房』を「中央公論」（一月、二月）に発表した。三月、『蜃気楼』を「婦人公論」に、『河童』を「改造」に発表。モスクワのクルーグ出版社から「世界文芸叢書第四篇、芥川龍之介」が刊行された。四月、『三つのなぜ』を「サンデー毎日」に発表。「改造」誌上（四月～七月）で谷崎潤一郎との間に「文芸的な、余りに文芸的な」の題のもとに文学論争を起こした。この月の十六日菊池寛あてに遺書を書いた。小穴隆一にもこの頃書いた。五月、『たね子の憂鬱』を「新潮」に発表した。十三日より改造社の講演旅行のために、東北・北海道方面を旅行した。同月末、親友宇野浩二が発狂。六月、第八創作集『湖南の扇』を刊行。同月二十日『或阿呆の一生』脱稿し「ではさやうなら」と前書きして久米正雄に託す。七月、『続文芸的な、余りに文芸的な』を「文芸春秋」に発表。同月十六日室賀文武が訪れ、二人だけでキリスト教について語り合った。同月二十三日『続西方の人』を書き上げた。同月二十四日未明、田端の自宅において、ヴェロナール及びジャールの致死量を仰いで自殺。枕許には聖書があった。遺書は、妻文子、伯母、小穴隆一、菊池寛、葛巻義敏あてなどで、このほかに『或旧友へ送る手記』及び多くの遺稿があった。

同月二十七日、谷中斎場にて葬儀が行なわれ、先輩総代泉鏡花、友人総代菊池寛、文芸家協会代表里見弴、後輩代表小島政二郎の弔詞があった。染井の慈眼寺に納骨。死後の八月には『西方の人』が「改造」に、九月には『続西方の人』（絶筆）が「改造」に、『十本の針』『侏儒の言葉』『闇中問答』が「文芸春秋」に掲載された。また、十月には

『歯車』が「文芸春秋」に、『或阿呆の一生』が「改造」に掲載された。

なお、命日の七月二十四日には、毎年文壇人の間で河童忌が行なわれ、また昭和十年以後、芥川賞が設けられた。

参考文献

この小冊子を書くにあたって、次の書物を参考にさせて頂いたが、特に吉田精一氏の「芥川龍之介」(新潮文庫)のお世話になるところが大きかった。記して深く感謝する次第である。

芥川龍之介研究　大正文学研究会　河出書房　昭17・7

芥川龍之介　吉田精一　三省堂　昭17・12
　のちに改訂して河出書房「市民文庫」(昭29)に改め、さらに増補して「新潮文庫」(昭33)に収む。

旧友芥川龍之介　恒藤恭　朝日新聞社　昭24・8
　のち「市民文庫」(河出書房)に収む。

芥川龍之介　宇野浩二　文芸春秋新社　昭28・5

芥川龍之介　中村真一郎　要書房　昭29・10
　のちに「芥川竜之介の世界」と改題して、青木書店より増補再刊(昭31)

芥川龍之介案内(全集別巻)　中村真一郎編　岩波書店　昭30・9

二つの絵—芥川龍之介の回想—　小穴隆一　中央公論社　昭31・1

芥川龍之介研究　福田恒存編　新潮社　昭32・1

芥川龍之介(現代作家論全集8)　中村真一郎　五月書房　昭33・5

芥川龍之介(近代文学鑑賞講座11)　吉田精一編　角川書店　昭33・6

芥川龍之介(近代作家研究アルバム)　葛巻義敏・吉田精一編　筑摩書房　昭39・6

芥川龍之介伝記論考　森本修　明治書院　昭39・12

芥川龍之介研究特集号　「明治大正文学研究」14　昭29・10

芥川龍之介読本　「文芸」臨時増刊　昭29・12

芥川龍之介の総合探求号　「国文学」　昭32・2

芥川龍之介特集号　「解釈と鑑賞」　昭33・8

さくいん

—完—

芥《あくたがわ》川龍《りゅう》之《の》介《すけ》■人と作品　　定価はカバーに表示

1966年5月10日　第1刷発行©
2016年8月30日　新装版第1刷発行©
2017年1月20日　新装版第2刷発行

・著　者　…………………………福《ふく》田《だ》清《きよ》人《と》／笠《かさ》井《い》秋《あき》生《ふ》
・発行者　…………………………………渡部　哲治
・印刷所　……………………法規書籍印刷株式会社
・発行所　…………………………株式会社　清水書院

〒102-0072　東京都千代田区飯田橋3-11-6
Tel・03(5213)7151～7
振替口座・00130-3-5283
http://www.shimizushoin.co.jp

検印省略
落丁本・乱丁本は
おとりかえします。

CenturyBooks

Printed in Japan
ISBN978-4-389-40104-7

Century Books

清水書院の〝センチュリーブックス〟発刊のことば

近年の科学技術の発達は、まことに目覚ましいものがあります。月世界への旅行も、近い将来のこととして、夢ではなくなりました。しかし、一方、人間性は疎外され、文化も、商品化されようとしていることも、否定できません。

いま、人間性の回復をはかり、先人の遺した偉大な文化を継承して、高貴な精神の城を守り、明日への創造に資することは、今世紀に生きる私たちの、重大な責務であると信じます。

私たちがここに、「センチュリーブックス」を刊行いたしますのは、人間形成期にある学生・生徒の諸君、職場にある若い世代に精神の糧を提供し、この責任の一端を果たしたいためであります。

ここに読者諸氏の豊かな人間性を讃えつつご愛読を願います。

一九六七年

SHIMIZU SHOIN